八十路の戯作帖

―古典お色直し―

おのよしあき

ONO Yoshiaki

文芸社

良き家族 及び 友たちへ

もくじ

閻魔《えんま》、決心の事

地獄の風は、漆黒の岩間《いわま》を縫って、水晶のようにきらめきながら、遥《はる》か異世界の極楽へと吹き抜けていきます。この風の流れだけが、地獄・極楽をつなぐ一本道です。

これから、閻魔大王が、その風に乗って、極楽にいらっしゃるお釈迦《しゃか》さまの所へ行こうとしています。このようなことのできるのは、地獄の中では、閻魔大王ただ一人です。

（閻魔）幾重にも堅く壁を巡らした地獄の奥の院から、わざわざこう乗り出そうという気になったのは、ほかでもない。

このごろの地獄の有様《ありさま》ときたら、何とも容易ならぬことになってしもうてな。さまざまにやりくりをしてきたが、もはやこれ以上は思案のしようもなくなった。

そこで今日は、ぜひとも釈迦に談判いたさねばならぬと決心して――。

それというのも、このごろ人の世では、仏の道などと口やかましく言いならわして、極楽近し、地獄は遠しの気分がやたらと広まり、その実、心の伴わぬ、遊楽目当ての寺参りやら、形ばかりの籠《こも》り・精進《しょうじん》などが至る所で盛んとなった。

それだけのことならば、まあ自分勝手にやるのもよいが、我慢ならぬのは、そのような信心のまねごとをして、誰も彼もが極楽往生間違いなしと思い込み、あげくに、生きている間さんざんに悪行《あくぎょう》を重ねた者までも、いざ死のうとなっては、にわかに仏菩薩《ぶつぼさつ》の助けにすがろうとする。それをまた、極楽の生役人《なま》ばらが、小言《こごと》の一つ言うでもなく、したり顔して迎え取る。

地蔵までが、図に乗ってしゃしゃり出て、人ひとり地獄に追い落とすについては、何やかやと難癖《なんくせ》をつけ、屁《へ》理屈をこね回して、さしたる信仰心もない者たちを、極楽へ極楽へと取り込もうとする。全くもって、腹立たしい限りの世になった。

こうして、誰かれの区別もなく、極楽へなだれ込んでいくものだから、このところの、地獄の不景気は極まった。獄卒《ごくそつ》の鬼どもも、責める相手が来ぬものだから、仕事にあぶれて、気がいら立ってきたようだ。このままでは、地獄の空気が不穏《ふおん》になり、どんな不祥事が起こるかわからない。はや仲間うちの小競り合いなども、目立ってきた。

閻魔が直々《じきじき》に乗り出さねばならぬ羽目になったというのも、まあ、こういった次第からだ。

いや、このようなことを思ううちにも、ますます腹立ちが増してきた。なおも気が急《せ》いてきた。では出かけようか。うむ、久しく立《た》ち居《い》をせぬものだから、腰が重うなって楽ではないわ。だが、不景気だから仕方がない。

「ヤイヤイ、鬼ども！」

「ハァ、大王さま、いよいよお出かけで。」

「いよいよだ。よい首尾を待っておれ。」

「ハハァ、きっと、釈迦牟尼仏《しゃかむにぶつ》を、よろしくご説得くださるように。」

「知れたことだ。」

「もはや我らの我慢も限界となりました。そのことを、しかとお説きくださるように。」

「くどく言わなくても、お前たちの気持ちはようわかっておる。では、行ってくるぞ。」


閻魔大王は、エイッと一声、気合もろとも、きらめく風に乗り移って、ぐうんと一気に極楽へ吹き上げられていきました。

さて、こちらは極楽。お釈迦さまが、蓮池《はすいけ》の大きな花びらの上にお座りになって、じっと瞑想《めいそう》にふけっておられます。周りには、いろいろの菩薩——地蔵さまやら観世音さまやらの姿が見えて、みんなおごやかに、楽しそうに何やら話しておられます。

遠くの丘の麓《ふもと》では、今ここに着いたばかりなのでしょう、たくさんの人たちが、極楽のお役人たちに迎えられて、ここでもみんな、とてもうれしそうに、互いに挨拶を交わしています。

そこへ突然、辺りの空気をざわざわと揺り動かして、ビューッと一風吹いたと思うと、池のほとりに、苦虫《にがむし》を噛《か》みつぶしたような顔の閻魔大王が現れました。四方を見回して、さらに険しい顔になりました。

(閻魔) ふうむ、久しぶりに極楽に来てみれば、地獄では考えも及ばぬこの楽しげな様子、さすがに人みながなびいて寄り集まるだけのことはある。やはり地獄も、今少し盛りにならねば、うっとうしくて仕方がない。さて、折よく釈迦も手すきのようだ。さっそく談判いたそう。

「のうのう、釈迦牟尼仏。」

「閻魔どのか。久しぶりじゃな。」

「今日は、折り入って願い事があってまかりこした。」

「何事かな。」

お釈迦さまは、禅定《ぜんじょう》のお姿を少し緩めて、穏やかな声で言いました。閻魔大王が突然来たことに驚く様子もなく、半眼に開いた瞳は静かです。

意気込んで話しかけた閻魔大王は、少し拍子抜けしましたが、気を取り直して、鋭く用件を切り出しました。

「このごろ地獄は、これまでにない亡者《もうじゃ》不足でな。ちと極楽の門を狭くしてもらわぬと、我らは、手持ち無沙汰で仕方がないわ。」

「そのようなことを言いに来られたのか。」

「さよう、獄卒の鬼どももいら立ってきて、このままでは、たまに落ちてきた亡者を、暇に任せて、寄ってたかって、定まった刑罰以上に責めさいなむ。で、いずれどんな不始末をしでかすやらわからない。釜ゆでにすればゆで殺す、血の池に沈めようとて二度と浮き上がれぬほどに押し込める、針の山では、あまりに強く針を突き出し……、とまあこんな具合でな。これでは亡者といえどもかわいそうだし、わしもほとほと手を焼いているところだ。」

「そういうことのないように、よく目を光らせているのが、あなたの役目ではありませんか。そんなことでは困りますよ。」

「だから、ソレ、亡者が少なすぎて、こういうことも起こるから、少し亡者を回してくれと言うておる。そうなれば、鬼どもも、ゆとりを持って責めらりょうからの。」

「そう言われても、極楽浄土へ入ろうと寄り集まってくるのは、それぞれに、わずかでも仏の慈悲にすがろうとする尊い心を持ち合わせた者ばかり。この者たちを、拒む理由がない。」

「なに、わずかばかりの仏頼みの心など、帳消しになってしまうほどの、強い悪心を持つ者がおるであろう。そのような者は地獄へ欲しい。分けてもらえぬか。」

「いや、それはなるまい。」

「こう、閻魔がわざわざ出向いてきて頼んでも、ならぬのか。」

「ならぬよ。」

「善人たちを無理やり地獄へ引き込もうというのではない。心底からの悪人やら、極楽に迎えようか、地獄へ落とそうかと迷うような者やらがおるであろう。そのような者だけでも、地獄へくれればよい。それでも、ならぬかな？」

「ハハハ。あいにくと、そういう迷いはないのでな。とにかく、誰であろうと、少しでも仏を思う心があれば、極楽へ導き入れてやらねばならぬ。」

「ほんの少しもだめか。」

「地獄へなど行く者は、少なければ少ないほどいいというものだからなあ。本来ならば、人みなすべてを、極楽に迎えてやってもよいのだが……。」

「ナニ、それでは極楽の手前勝手が過ぎるではないか。そのようなことをすれば、人間どもの心に歯止めがなくなり、浮き世には、したい放題の悪行がはびこることになるであろう。釈迦牟尼仏の言葉とも思えぬぞ。」

「これこれ、そうむきにならなくてもよいではないか。仏の本願はそういうものだということだよ。今すぐに、そのようなことをしようというのではない。」

「ふむ、それでまあ一安心はしたが。そのようなことを言うて、驚かさんでくれ。で、亡者の件は、やはりだめかな？　これほど頼んでも、少しも融通がつかぬかな？」

「ならぬ、としか言いようがない。こんなことで『取引』などすれば、私自身が地獄に落ちるよ。」

お釈迦さまは、気色《けしき》ばんで詰め寄る閻魔大王に、きっぱりとおっしゃいました。これほどはっきりとお釈迦さまの心を示されると、さすがの閻魔大王も、もう何を言うこともできません。

閻魔大王は、こわい顔をして、しばらくお釈迦さまを見つめていました。ふと気が付くと、いつの間にか、そばにお地蔵さまが寄ってきて、もうお釈迦さまの瞑想の邪魔をするのはおやめなさいというように、ゆっくり頭を横に振っています。

仕方なく、閻魔大王は、また地獄へと引き返します。


「ヤイヤイ、鬼ども！」

「ハァ、お帰りなさいませ。首尾はいかがでございました？」

「首尾も何もない。こちらの言い分を、てんで取り合おうともせぬ釈迦の石頭だ。あの偏屈ぶりは、年を追うごとに増してくる。どうも、地獄のありようにとっては、ずいぶんと心配の種が増えたというものだ。」

「では、やはり不首尾でありましたか。」

「なに、心配せんでもよい。この上はな、帰る道々考えたことだが、わしが直々に六道の辻《つじ》に出て、脅《おど》しすかして、一人でも多くの亡者を地獄へ取り込んでこようと思う。」

「ハハァ、大王さまのお力をもって、ぜひそのようにしてくださりませ。私どもも、供《とも》についって参りましょうか。」

「ふむ、そのように殊勝な申し出をするのは力自慢の太郎鬼か。そなたならば、連れてもよいが……。」

「もし、大王さま。」

「これは次郎鬼。そなたも行くか。」

「そのことでございます。私どもまで引き連れて行って、そのことが極楽方《がた》に知れれば、お釈迦さまのつむじが、また一段と曲がりましょう。そうなれば、当面の亡者不足は補われても、地獄にとって、今後ますます立ち行きにくい仕儀とも相《あい》なりましょう。ここはあまり、ことごとしいことをなさらぬのが得策かと存じまする。」

「ううむ、さすがは地獄に知られた知恵第一の次郎鬼め。よう先を見ておるな。ならば、やはり今回は、わし一人で行くのがよいと申すのだな。」

「とりあえずは、さように存じまする。」

「太郎鬼、こうした次第だ。お前たちは留守居をしておけ。では、出かける！」

閻魔大王は、席を温める暇もなく、お釈迦さまに会いに行くために着ていた、いかめしい飾りの付いた衣装や王冠を脱ぎ捨てて、ずっと身軽な服装に着替えます。軽い単《ひとえ》の上衣にくくり袴《ばかま》、王冠の代わりに頭巾といういで立ちで、手には太い樫《かし》の棒を携えて、今度は六道の辻へと向かいます。

（閻魔）はや六道の辻までやって来た。なんと、しばらく見ぬうちに、この辻も様変わりした。昔は道筋の境目もきっぱりとして、遥かに六道の彼方《かなた》まで見通せたものだが、今は手入れが行き届かず、あちこちに奇妙な草木が生い茂った。それも、極楽池の蓮葉《はちすは》とは比べようもない、薄気味悪いものばかりだ。

くねくねと枝を広げた樹木の中に、手首の太さほどもあるツタカズラがまとわりつき、垂れ下がって、歩くこともままならない。なんだ、これは、ヤツデの葉っぱか。よくもこう化け物じみて育ったものだ。前に見た折には、程よい立ち姿をしていたイチイガシも、今は怪物のように生い立った。シダの群生も、足の踏み場がないほどに深《ふこ》うなった。花などは一輪もない。極楽と比べるわけにはいかないが、どうも気が滅入るような、殺風景な所には違いない。

だがまあ、身を隠すにはちょうどよい。どれ、ここらに隠れて待ち伏せていよう。

閻魔大王は、木立の暗がりの中にひっそりと身をかがめました。青鈍《あおにび》の空に覆われた六道の辻は、物音一つしない所です。樹木に取り付く生き物や、地虫たちも、今は閻魔大王と一緒に、息をひそめているようです。

そのまま、しばらく時間が経《た》ちました。

(閻魔) こうして木陰でじっと待ち伏せていると、不思議だ、何やらぞくぞくと、肝《きも》の奥から震えが来るぞ。興奮してきたのか知らん。地獄の底のかび臭い椅子に陣取って、引き出されてくる歯ごたえもない亡者どもを、いくら怒鳴りつけていても退屈しのぎにもならないが、こうして、どういう手合いがやって来るか、来たらどう言っておどしつけてやろうかと心待ちにしていると、気持ちにも張りが出て、どれほどか若返ったような、よい気分だ。これからもちょくちょく出かけてくるとしようかな。

やあ、そう思っているうちにも、はや向こうから誰やら来たぞ。騒々しく物《もの》の具《ぐ》をがちゃつかせて、妙なやつだな。あのように恐れ気もなく、なりふり構わずこの辻に向かってくる者も珍しいが……。それに早足で、ぐんぐん近づいてくるところを見ると、年寄りではない。若い者に相違ない。まあよい、その方がよい。若いほどに責めがいがあろう。

それ、ためらいもなくやって来た。見れば、たいそう手ごわそうな侍ではないか。亡者というのに元気がよい。服装までもずいぶんと仰々《ぎょうぎょう》しい。この辺りに来るには、およそ白い帷子《かたびら》姿と知れているのに、きゃつの装いは、赤地の錦の直垂《ひたたれ》に、黒革縅《くろかわおどし》の鎧《よろい》をまとい、鍬形《くわがた》打ったる兜《かぶと》をつけ――ふうむ、ほんに手ごわそうな……。

急に心配になった閻魔大王は、あわててふところから、分厚い帳面を取り出して、ぼろぼろのページをめくります。その帳面は、死後の世界にやって来た人たちについて、生前の行いから死ぬ時の様子に至るまで、詳しく書いた記録帳です。出てくる時に、次郎鬼から渡されたものでした。次郎鬼の仕事は、実に素早く的確です。

（閻魔） うむうむ、これだな。やっぱりそうか。鎌倉の合戦で名を上げた侍大将、奮迅の活躍ののちに、流れ矢に当たって死んだとある。それほどのもののふとあれば、たやすくは責め落とせまいが、だがなに、それだけ責めがいがあろうというものだ。それに、あのように居丈高《いたけだか》ななりをしていても、たかだか鼻柱の強さだけで世を渡ってきた腰抜け侍かも知れぬ。このごろはそういう手合いが増えたでな。ともあれ、ここは一《ひと》責め立ち合い、閻魔の恐ろしさを存分に思い知らせてやろう。

や、これはいかん、こう考え事をしているうちにも、きゃつめ、はや極楽への道にどんどん向かっている。そうはさせぬ。さっそく責めかけよう。

「ヤイヤイ。」

「なんだ。」

「おのれ、行く道が違わぬか。」

「これは、極楽浄土への道であろう。」

「それだからこそ、道が違おうと言うているのだ。極楽浄土への道は、この六道の辻では取りわけ見つけにくいように出来ておる。それを、迷いもなく、当たり前のように分け入ろうとは、図々しいにもほどがある。」

「いらぬお世話だ。この道でよい。」

「いいや違う。そうおのれだけで決めてはならぬ。おぬしの行く道は、このわしが決めてやる。」

「先ほどから木陰でガサゴソと物音がするので気になっていたが、この辺りで、そう偉そうな口をきくおぬしは何者だ。」

「わしは、地獄のあるじ、閻魔大王だ。」

「なに？　閻魔大王が、この辺りにまで出ばるのか。で、その閻魔どのが、俺に何用《なによう》があってまかり出た？」

「閻魔と聞いて、ひるみも見せぬ鈍感さよ。知れたこと、おぬしを地獄へ責め落としてやろうと思うてな、こう直々に出てきたのだ。それ、はよう行け！　はよう行け！　ソレッ。」

閻魔大王は、杖《つえ》を風車のように振り回して、お侍に打ち掛かります。お侍は、背負っていた物《もの》の具《ぐ》箱から素早く熊手を引き抜いて、ガッシと受けて応戦します。

一打ち二打ち、三打ち四打ちと、たたき合っては跳び退き、にらみ合っていましたが、なかなか勝負がつきません。ソレもう一打ちと、閻魔大王が高く杖を振り上げた時、お侍が、一、二歩下がって言いました。

「しばらく待て。そうせわしなく棒切れを振り回さず、まず、なぜ俺が地獄へ行かねばならぬのか、その訳《わけ》を聞かせてくれい。」

「それを改めて聞かせねばならぬとは、図々しいやつ。おぬし、いくさ場で多くの命を傷つけたであろう。そんなことをして、地獄へ呼ばれぬと思うていたのか。地獄のありようを、そのまま現世で働いていたのだぞ。」

「なるほど、そういうことか。だが、それはそちらの言い分だ。侍というものはのう、いくさ場で手柄を立てるのが生きがいで、それが我らの生きざまよ。女や僧でない限り、いくさに出るのは、我らの生きている世のつとめであった。出れば、戦わぬと自分が命を落とすまでのこと。俺は一所懸命につとめを果たしただけである。それを地獄へ引き込もうと言われても、合点《がてん》がいかぬ。」

「だが、人を傷つけたり殺したりするのは、許しがたい悪行《あくぎょう》に違いない。そのような者が極楽へ行っても、釈迦は喜ばんぞ。」

「好んで殺生をしたのではない、ということがわからぬか。皆、そのような定めの上でしたことだ。ならば、そうした定めをもって俺に生をもたらした仏が悪い、ということにもなるであろう。」

「ううむ、釈迦に劣らぬひねくれ者め。それは屁《へ》理屈というものだ。とんでもない責任逃れの言い訳だ。」

「初めにそのような定めを課されたからには、仏はまた、必ず最後には俺を救うてくださるに違いない。屁理屈でも小《こ》理屈でも、何でもよい、とにかく俺はそう信じてきた。仏を信じてきたからこそ、殺生のあとには、きっと相応の供養も欠かさぬようにしてきたのだわい。」

「よくも、おのれの都合のよいことばかり考えついたものだな。だが、そんなふうに仏にすべての科《とが》をなすりつけていては、地獄へ落ちる人間なぞ、一人もいないことになってしまうではないか。理不尽とは思わぬか。」

「そうだ。地獄へ落ちる者など一人もないのがよい。」

「ヤヤ、またも釈迦の偏屈頭に劣らぬことを言い出した。あきれた亡者だ。もうこれ以上の広言は許さんぞ。そのたわごとは、聞こえぬわい。」

「聞こえぬか。ならば仕方がない。先ほどの打ち物は、閻魔と聞いて少し手加減しておったが、もはやそうはいかぬ。力ずくでも極楽浄土へまかり通るぞ。サァ。」
「ううむ、小癪《こしゃく》な。そうやって、どこまでも己《おの》が道を押し通ろうとするしたたかさよ。その横車を懲《こ》らしめてやる。では今一度、ソレッ。ソレッ。」

二人はさらに打ち合いを始めました。閻魔大王は、重い樫の杖をびゅんびゅんしごいて責めかけます。これに対してお侍は、熊手を収め、代わりに長柄《ながえ》の鎌を取り出して左手に持ち、右手には野太刀を引き抜いて、果敢に応じ、責め返します。

戦いが長引くにつれて、久しぶりに力を振るった閻魔大王は、さすがに次第に疲れてきました。いくさ上手のお侍は、息の入れ方を心得ていますから、呼吸の乱れも見せません。そのうちにとうとう、お侍の太刀の一振りで、閻魔大王は空高く杖を撥《は》ねとばされ、仰向けにひっくり返ってしまいました。

お侍は、くるりときびすを返して、極楽への道をずんずん進んで行きました。

（閻魔） これは見事に後《おく》れを取った。腰をひどう打ちつけた。イタタッ……、なんと思いの外の剛力であったわい。こちらの体も、久しく地獄の大椅子に座りつけて、よほどなまっていたに相違ない。だが、閻魔をこれほどに打ち負かすとは、法外なやつ。釈迦もきっと手を焼くことだろうな。

やれやれ、久しぶりに腕を振るおうとした初めの相手が、あのような極め付きの武者《むしゃ》であったのも悪運だ。だが、あんなのが、そうたびたび来るとは思われぬから、次の亡者は大丈夫であろう。今度からは心して、誰が来ようと、もはや金輪際《こんりんざい》通すまい。

それにしても、あの向こう意気の強い気性からすれば、ほんに両手の指に余るほどの人数を殺《あや》めておろうに、何のとまどいもなく、さっさと極楽へ向かうとは、あきれた図々しさだ。

殺生の後には供養を怠らなかったなどとほざいていたが、そのようなまやかしごとで極楽往生に障《さわ》りがないとはな。釈迦の心をはかりかねる……。

人の世の生き死にの有様が救いようのないほど乱れるにつれて、この世は地獄、あの世においてこそは極楽へとの祈りが、人皆の心に強まってくる。思えば不憫《ふびん》な者たちだが、そのため、地獄へ来るほどのやつは幾らもないということになる……。

閻魔大王は考え込んでしまいました。うすら寒い風がさっと吹きつけて、木立の葉っぱを揺するのも、何だか、気持ちを沈み込ませてしまいます。

でも、六道の辻へまで乗り出してきたからには、このまま地獄へ戻るわけにいかないので、もう一度、木陰にもぐり込んで待ち伏せを始めました。

（閻魔）おや、また誰かやって来たぞ。くたくたの破れ衣をまとい、死出の化粧もしてもらってない様子の爺《じい》さんだ。しょぼくれた目つきで、辺りをきょろきょろと心配そうに見回している。貧相で、落ち着きがない。こういう手合いは、こすっからい小悪《こあく》の数々を、至る所で重ねているに相違ない。であるから、この辻へ来るについては、自信がなくて、その自信のなさが態度全体にあらわれている。先ほどの侍とは比べようもない無気力さだが、まあよい、地獄へ責め落とそうとする小手《こて》だめしの亡者としてはちょうどよい。どれどれ、きゃつの生きざまを調べてみよう――。

ふうん、やっぱり思ったとおり、爺さんは良からぬ生涯を過ごしている。子供の時には虚言が多く、遊び仲間も出来ないほど嫌われている。長じては血気にはやって家をとび出し、親の死に目にも会うてない不孝者。つとめに出ては、主《しゅう》をないがしろにした不忠者。妻帯してからも一向に家業に身が入らず、年経て、女房どのの働きで小金がたまると金貸しをやっては高利を取る。老いては子に愛想《あいそ》をつかされ、異郷の地で盗みを働いた上で野垂れ死に――いや驚いたな、いいとこなんかありやしない。これは地獄の釜番にでも取り立ててやりたいくらいの見事な悪行《あくぎょう》ぶりだ。こうとわかったら、心おきなく責めかけよう。

「ヤイヤイ、爺さん。」

「あ、どなたですか。」

「どなたですかはあるまい。こんな所に、どなたさまがいると思う。」

「どなたさまでしょう。」

「地獄のあるじ、閻魔大王だ。」

「ああ、もう地獄ですか。恐ろしや……。」

「いいや、まだ地獄ではないが、ここは六道の辻という所でな、地獄・極楽への分かれ道だ。これからお前を、地獄へ責め落としてやろうと思う。」

「滅相もない。私は極楽浄土へ参りとうございます。どうぞ、極楽への道をお教えください。」

「なに、さんざんに悪事を重ねておいて、ぬけぬけと、極楽へ行きたいなどとよう言えたな。きさまの所行《しょぎょう》の数々は、ちゃんとわかっておるのだぞ。そう思いのままになるものか。きっと地獄へ責め落としてやる。」

「ああ、閻魔大王さま、そうせわしなくおっしゃらず、しばらくお聞きくださいませ。手前は確かに、悪事の数々を重ねて参りました。ほんに、良いことなどは一つもした覚えがございません。それは自分でもようわかっております。ですが、死ぬ前に夢に見たところでは、離ればなれ、行き方知れずになっておりました手前のことを、息子の嫁がたいそう心にかけてくれましてな。この嫁がまた人並み優れた信心者《しんじんもの》で、日々にお寺さまへの布施を欠かさず、傍《かたわ》ら、舅《しゅうと》である手前の成仏をも厚く願うておってくれましたそうな。でありますから、手前はきっと極楽へ参れるとのこと、夢の中で、尊げなお小僧さんが出てきて、お告げになられました。」

「ううむ、その小僧というのは、さては地蔵のことだな。はや先を越されていたのか……。いいや、だが構わん。そんなことは構わんぞ。わしの知ったことではない。地蔵の目に触れぬうちに、責め落としてしまえばこちらのものだ。それ！　はよう行け、はよう行け！」

「ああ、お許しを、お許しを。」


その時、どこから来たのか、一人の小僧さんが現れて、お爺さんと閻魔大王の間にするりと割って入りました。

「まあまあ、閻魔どの、はやる心はようわかるが、そうしゃにむに事を運ぼうとするものではない。この者はな、今も本人の口から伝えたとおり、この地蔵が、極楽へ導き入れるとはっきりと約束をした者じゃ。そう告げた以上は、地獄へやるわけにはいかぬから、預かっていきますぞ。」

「うむう……。」

唸《うな》っている間にも、お地蔵さまはお爺さんを連れて、さっさと行ってしまいました。

（閻魔） またも、取りそこねた。あの爺さんを極楽へ取られるようでは、まったく、地獄がひどい不景気になるのも仕方がないわ。

それにしても、地蔵がこの辺りまで足を伸ばしてくるとは、極楽方《がた》はずいぶんとやる気を見せている。これに対抗して、地獄の勢いを取り戻すことができるだろうか。

傾きかけた秤《はかり》の目盛りを、元に戻すのは容易でないが……。

釈迦の心を知らぬではない。この閻魔とて、責めるばかりが能ではない。釈迦に劣らぬ慈悲の心も備えているが、なにせ地獄の当主であるわけだからな。それなりの責任というものがある。ほんに、頭の痛いことだわい。

よーし、今度こそは、地蔵の口添えがあると言っても、たやすくは見逃すまい。生前の所行のよくない者に限って、厚かましく、あのような手管《てくだ》をめぐらせる。だが、あの爺さんを極楽へやって、地蔵の体面も立ててやったわけだから、今度からは、本当にどんなことがあろうとも、どんな亡者でも、きっぱりと地獄へ責め落とそう。

どれ、またしばらく、物陰に隠れて記録帳でも眺めておくか。はてな……。

姿の見えぬ先から、今度は何やら物騒がしい音が聞こえてきた。うちわ太鼓の衆打ちで、どうやら、女人講《にょにんこう》の集まりのようだな。

しかし、あれほどの人数の死《し》がこのごろあったかな。調べてみよう。

ああ、これだこれだ。ふむ、霊所参りの舟が沈んだ……。かわいそうに、年寄りばかりで、よう岸に泳ぎつく者もなかったらしい。そういうわけなら、どうもこれは、無理やり地獄へ追いやることもなるまい。仕方がない、このままじっと隠れていてやり過ごそう。

タンタン、トントンという太鼓の音に、お経の声を唱和させながら、白い着物を着た十人ばかりのおばさんたちが通りかかります。

閻魔大王は、身をひそめた木の葉の陰から、じっとおばさんたちが通り過ぎていくのを見つめていました。

でも、閻魔大王の体は、木の葉で全身を隠すには、あまりに大きすぎたので、すぐにおばさんたちに、見つかってしまいました。

「あそこに、あの木の陰に、誰かいますよ。」

「まあ、気の毒なこと。臆病に木の陰などに隠れてしまって、きっと、一人でこんな所に来て、怖がっているんだわ。」

「突然こんな所に来たものだから、どうしていいかわからないのよ。かわいそうに。さあ、私たちと一緒に行きましょうよ。」

「うるさい！　わしは閻魔大王だ！　構わず、早う行くがよい。でないと、地獄への道も狭くはないぞ。」

「まあ、せっかく誘ってあげたのに、あんなふうに怒鳴ったりして、ずいぶんつむじ曲がりの人のようだわ。」

「かわいそうだけど、私たちもあんまりゆっくりもしていられないでしょ。極楽への道が白く光って、こうはっきりと見えている間に、早く行かなきゃならないんだわ。」

弾《はず》むような足取りで、おばさんたちは行ってしまいました。太鼓の音も、次第に小さく尾を引いて、六道の辻は、また森閑《しんかん》とした元の世界に戻ります。

六道の辻には、朝も夕べもありません。ですから、閻魔大王がここへ来てからどれくらいの時間が経ったのか、はっきりとしたことはわかりません。でも、閻魔大王には、ずいぶん長い時間のように感じられました。

実りのない、とても寂しい時間です。


(閻魔) やれやれ、寄り集まって、信じ入る力とは恐ろしい。あの女人講の者たちには、冥府《めいふ》の道も一向に怖くないと見えたわい。

どうも、こんな具合では、やっぱり地獄ははやらない。いつまで待っても、おとなしく地獄へ来る者など、通りそうもないようだ。近ごろ人の世に、地獄絵やら何やらが出回ってからこの方《かた》、みな相応の心構えをして冥途に下りて来るものだから、地獄へ落ちるについては、おのおのに何やかやと理屈があって、一筋縄ではいきそうもない。

世の中が乱れてくると、不思議とその折に限って、釈迦の心が俗世の隅々にまで染み広がり、地獄の沙汰は縁遠くなる。大地から涌《わ》き出るように、釈迦の意を受けた多くの菩薩たちが現れて、辻説法やら帰信の行法《ぎょうぼう》、現世利益《げんぜりやく》の諸作務《さむ》やらを行いながら、国々を巡り歩いている。その点、地獄は、現世に遣わす使者が不足なものだから、どうにも影が薄くなる。苦しまぎれに太郎鬼や次郎鬼を遣わしても、あの菩薩たちにはかなわない――。

こう考えると八方ふさがりのようだが、待てよ、また世が平穏になれば、菩薩たちも自然と姿を隠し、釈迦の気配りもゆるやかとなり、やがて地獄の栄華が巡ってくるかも知れぬ。これこそ、人の世が出来て以来、ずっと繰り返されてきた道理だからな。

どうやら今が辛抱のしどころで、あまり深刻に考えることはないのかも知れぬ。そうだ、いずれは栄華が巡ってこよう。そう皆の者に言い聞かせてやろう。何しろ、こらえ性《しょう》のない、気の短い鬼たちばかりだからな。

だが、このまま帰るわけにもいかない。手ぶらで帰れば、皆どんな面《つら》して迎えるだろうか。きゃつらの白けた面が目に見えるようだ。仕方がない、もう少し待ち伏せていよう。いくらなんでも、一人や二人は責め落とさないと、閻魔の沽券《こけん》にかかわる、鬼たちの前で大見得を切って出て来た手前もある……。

閻魔大王は、再び三たび、木陰に身を潜めて、辛抱強く待ち受けます。でも今度は、いつまで待っても六道の辻の果てまで、人影一つ見えません。ずいぶん意気込んで出て来たのに、うまく行かないことばかりが続くので、さすがに閻魔大王は、少し投げやりになり、気もゆるんできて、どかりと木の根に座り込んでしまいました。

そうしてぽかんと空の方など眺めている間に、またどれほどの時間が過ぎたでしょうか。後ろの木立で、小さな人影がゆらぎます。

「おじちゃん。」

「わぁっ！　……なんだ、地蔵か。いきなり後ろから驚かすないヤイ。」

「ぼく、お地蔵さんじゃないよ。」

「なるほど、よく見れば地蔵ではない。まあ地蔵でなくてよかったわい。それにしても、そうすっくりと立った姿は、地蔵によう似ている。で、坊主、お前は何でこんな所にいるんだ。どこから現れたんだ？」

「さっきのおばちゃんたちと一緒に来たの。友達とはぐれちゃったんだ。」

「どうもわかりにくい話だ。もっと初めからきちんと話してみろ。だいたいお前、自分が死んだってことは、わかっているんだろうな。ここは、村の社《やしろ》の森じゃないんだぞ。」

「うん、それは知ってる。何となくわかっちゃった。ぼくも、さっきのおばちゃんたちと同じ舟に乗っていて、その舟が沈んでね、それで、そのままみんなの後について来たの。途中まで友達と一緒だったんだけど、いつの間にかいなくなってるんだ。イチタも——友達の名前だけど——死んだんだよ。だけど、こちらの世界に来て、どこか違う所に行ってしまったらしいの。で、ぼくはね、ここまで来たら、道が幾つにも分かれていて、どの道を行ったらいいかわからないし、困ってたんだ。おばちゃんたちの後ろにくっついて行ってしまうと、もうイチタにも会えなくなってしまいそうだしね。しばらく様子を見ていようと思って、そこの木の陰にいたんだよ。」

「そうか、お前もあの舟に乗っていたのか。そいつぁ、とんだことだったなあ。見れば、まだ年端《としは》もいかぬチビだのに、えらい災難に遭《お》うたものだ。ずいぶん苦しかったろう。」

「そりゃあね。でも、そんなことより、ねえ、ぼくはこれから、どっちへ行ったらいいんだろう。さっきのおばちゃんたちの行った道を行けばいいの？　それに、イチタはどこに行ってしまったんだろう。」

「どの道を行くかは、お前の生きざまを調べてみればすぐにわかることだ。さっそく調べてやろう。……いや、待て待て。わしとしたことが、うっかりしていた。お前のことなど、この帳簿には載ってない。調べるまでもないことだ。ヤイ坊主、お前は、この道のどれであろうと、行くことはならんのだ。」

「どうして？　調べもしないで、どうしてそんなことがわかるの？　それに、どの道にも行けないとしたら、ぼく、これからどうしたらいいの？」

「そうさ、わしには、調べもしないでもよくわかるのさ。いいか、よく聞けよ。お前のようなチビは、この先の賽《さい》の河原という所にとどまって――そこには鬼がうじゃうじゃしとるぞ――、河原の石を拾うてな、石積みの塔をつくり、その積み重ねる一つ一つの石ころに、親に先立った不孝を詫《わ》びる気持ちを精いっぱいに詰め込んで、心残りの思いのたけを、順々に洗い流していかねばならぬ。そういうきまりになっている。イチタとやらは、そこに行ったに相違ない。いつまで待っても来ないはずだぞ。一度入ったら、たやすく抜け出せる所ではないからな。」

「……。」

「どうした、怖くなったか。なに、心配せんでもよい。そこの鬼どもは、お前らを取って食おうというのじゃないからな。だが、やっぱり辛《つら》い所にゃ違いないぞ。お前らが、石を積み重ねて塔をつくるたびに、情け容赦のない鬼どもは、しゃにむに塔を突き崩す。鬼どもがやらない時は、風が一吹き荒れ狂うてな、とにかく塔は崩れてしまう。そうしたらまた初めからつくらにゃならん。そうして、崩されても崩されても、果てしなく塔をつくり続けなきゃならんのだ。そうしているうちに、お前らには、小石一つも重うなって、ただの一風《ひとかぜ》で空中に舞い上げられるほどに体も弱ってくる。その時分になって、やっと地蔵が助けに来る、という筋書きさ。やつは子供が好きだからな。そういうお前らの姿を見ているのが、堪え切れなくなってくるわけだ。もっとも、地蔵が現れるのは、何もその時が初めてというわけではない。実はな――こんなことを、これから賽の河原に送り込もうとするチビに話すのはよくないことだが――、地蔵は初めから、もっともらしい小僧のなりをして、お前らの中に紛れ込んでいるのさ。そうして皆と一緒に石を積みながら、じっと様子を見ていて、お前らが一所懸命にやればやるほど、それだけ早く助けに出る。怠《なま》けていては、いつまで経っても出ては来《こ》んぞ。とにかくそうやって、地蔵が現れるまで、お前たちは賽の河原で塔づくりに励まねばならん。それが、父母に先立ったチビたちが、生きている間、十分に父母の恩に報いられなかった罪滅ぼしの仕事なのだ。そういうわけで、お前はこれから、賽の河原へ行かなきゃならん。どうだ、これで納得できたろうが。」

「でもね……。」

「これだけ言い聞かせてやったのに――わしはふだん、こんな長話をすることはないんだぞ――、まだ何か文句があるのか。飲み込みの悪い坊主だな。とにかくお前は、ここから先へ行ってはならん。すぐに、今来た道を引き返せ。途中に、白く光って見える分かれ道があるはずだ。この世界へ来たら、大方《おおかた》、自分の行く道は白く光って見える。お前はそれを、先ほどの女人講にまぎれていたため見過ごしたんだ。それでイチタとはぐれたんだ。さあさあ、はよう賽の河原へ戻らんか。」

「嫌だッ。ぼく、賽の河原へは行かないよ。父さんや母さんに先立ったわけじゃないんだよ。だから、賽の河原へは行かなくてもいいんじゃないの？」

「なに？　お前くらいの年で、父母に先立ってないなど、そんなばかなことはあるまい。ヤイ坊主、そういけしゃあしゃあと嘘《うそ》をつくと、舌を引き抜くぞ。」

「本当だよ。母さんはぼくを産んでからずっと体の具合が悪くて、何《なん》か月《げつ》かして亡くなって、父さんはその次の年に、病気で死んじまったんだって。二人とも、ぼくのことをとても気にしながらね。育ててくれたおばあちゃんが、涙をぽろぽろこぼしながら、いつも話してたよ。だからぼく、父さんや母さんの顔だって覚えてないんだよ。」

「そうか、そうだったのかい。考えてみれば、そういうことだってあるわなあ。そんな場合には、賽の河原へは行かなくてもいいんだろうか。どうしたものか、うまく頭が働かない。ややこしいことになってしまった。何せ、賽の河原のことは、ごく大ざっぱなきまりしかわからない。地蔵に聞けば、すぐにはっきりすることだが、どうも、こんなことを、わざわざまた極楽辺りまで聞きに行くのも間が抜けた話で、釈迦にばかにされそうだ。まあ、聞いてみるとかわいそうな身の上だし……。どうだ坊主、悪いようにはせぬから、とりあえずは地獄でわしの召し使いでもやらないか？」

「嫌だよ。そんなのしたくないよ。」

「困ったやつ。まあ地獄へ来るのを嫌がるのは無理もないが、賽の河原へは、どうして行きたくないんだ。子供は普通、誰でも行く所だし、イチタに会えるかも知れないんだぞ。」

「うん、それはそうだけど、ぼく、本当は父さんや母さんに会いたいんだよ。父さんや母さんを探したいんだ。死んだ人は、みんなこちらに来てるわけでしょ？　だったら、ぼくもこうして来たわけだから、きっと、父さんや母さんに会えると思うんだ。そりゃ、イチタとは一緒にいたいけど、イチタには何時《いつ》でも会いに行けるわけでしょ？」

「それはそうだがな。父《てて》ごや母ごにそれほど会いたいか。顔も覚えてないというのに、どうしてもそれほど会いたいのか？　ただ産んでくれたというだけで、親を思う気持ちはそれほどに深まるものかな。どうも、わしにはよくわからんが。」

「おばあちゃんがよく話してくれたからね。ぼくが生まれたこと、すごく喜んでたのに、あんなことになってしまって、二人ともとても悲しそうだったたって。どんなにやさしい母さんや父さんだったかってね。ぼく、おばあちゃんの畑仕事の手伝いが辛い時や、友達と喧嘩《けんか》して一人ぼっちになった時など、いつも父さんと母さんのこと考えてたんだ。畑の畦《あぜ》で、一人でお弁当食べる時などにもね。どんな人だったんだろう、いま父さんや母さんがそばにいてくれたら素晴らしいだろうなあって。そのうちに、二人の顔だって、思い浮かべることができるようになったんだよ。だから、会えばすぐにわかるよ。」

「そうかい、そうかい。無理もないなあ。ほんに、かわいそうな坊主だよ。で、お前の両親が死んだのはいつのことだ？　なに、もう十年も前になる？　ふうむ、そいつはまずい。

親を探すと言ったって、地獄・極楽のどの役所でも、もうそのへんの名簿は焼き捨ててしまっている。名簿がなけりゃ、どこを探せばいいのか、見当もつかないからなあ。」

「ここは、そんなに広い所なの？」

「当たり前だ。冥府《めいふ》の世界は、人間世界の何億倍もの広さがある。お前たちには想像もつくまい。年々《としどし》に来る亡者の数だって大変なものだから、名簿などは、まあ四、五年もすれば焼き捨てる。地獄はそのようにしているが、極楽だって似たようなものだろう。このごろは、極楽の名簿もかさが増えているだろうからな、地獄よりはもっと早めに焼き捨てるのかも知れん。」

「そうなの、すごい所なんだね。でも、ぼくとにかく、順番に探していくよ。このいちばん左側の道から始めようと思うんだ。」

　少年は歩きかけます。あわてて閻魔大王は、少年の前に立ちはだかりました。少年の話を聞いて少ししんみりして、でもやっぱり閻魔大王なものですから、黙って行かせるわけにはいかないのです。

「待て、待て。お前はそう気軽に歩き回るようなことを言っているが、そんなことはできやしない。数ある地獄・極楽の庁の役人にでも見つかったら、すぐに、無理やり賽の河原へ追い込まれるのが関の山だ。どだい、この広い冥界を、子供一人でくまなく探し回ろうというのが、とんでもない考えだ。なあ坊主、いくらお前が無鉄砲でも、それくらいのことはわかるだろう。第一、わしがこうしてお前を見てしまったんだから、このまま知らん顔を決め込むわけにはいかない。このけじめを、きちんとつけないことには、わしとしても気がおさまらない。」

「ぼくのこと、そんなに気にとめてくれなくていいんだよ。ひとりでやってみるから。」

「いいや、そうは行かない。お前にそう勝手に振る舞わせることはできないぞ。あとで釈迦や地蔵に文句を言われないように、ちゃんと始末をつけておかねばならんのだ。」

「ふうん、おじちゃんもずいぶん頑固な人なんだねえ。でも、おじちゃん、いったい誰なの？　ぼくたちと同じように、死んでここへ来た人じゃなかったの？」

「なんだ、お前はわしを知らないのか。これまで、そんなことも知らずに、こましゃくれたことを話していたのか。わしは亡者などではない。地獄のあるじ、閻魔大王だ。」

「えっ、おじちゃんが閻魔さま？　ほんとにそうなの？　さっきのおばちゃんたちに、自分は閻魔大王だと怒鳴ってたけど、本当だったんだね。ぼく、閻魔さまというと、光る冠をかぶって、素晴らしい金や銀の飾りのついた着物を着て、宝石付きの革帯《かわおび》をして、もっと怖い顔をしているのかと思っていたよ。おばあちゃんがね、そう教えてくれたんだ。おじちゃんは、ちっともそんなふうじゃないもの。普通のおじちゃんと変わらないや。」

「うむ、今日はちょいと事情があってな。こういう身軽な恰好《かっこう》をしているが、光る冠や金銀の着物、革《かわ》の帯は地獄の宮殿に置いてある。望みとあれば、怖い顔もしてみせようか。」

「そうだったの。わかったよ。でも、閻魔さまといったら、ここではいちばんおっかない人でしょ？　おじちゃんがその人だとしたら、ぼく、なんだか安心したよ。どこに行ったって、おじちゃんより怖い人はいないわけだからね。どこでも一人で行けそうだよ。やっぱり、ぼく、一人で父さんや母さんを探してみるよ。じゃ、またね、おじちゃん、さようなら。」

「こらっ、待てというのに。お前はそうして一人決めして、勝手なことをしたがるが、ここではそれはむちゃなことだと、最前から言い聞かせているのが、まだわからんのか。」

「でも、ぼく、どうしても父さんや母さんに会いたいんだよ。」

「その気持ちはわかるがなあ……。」

「おじちゃん、いい知恵が浮かばないんでしょ。だから、迷惑かけちゃ悪いから、もう行ってしまうよ。さよならっ。」

「待てッ、待てェッ。行ってはならん。そのようなことは、この閻魔大王が許さんぞ！　それこそ、とんだ迷惑というものだ。」

とは言ったものの、閻魔大王も、これからどうしていいのかわかりません。

六道の辻の薄闇に、二人はしばらく、無言で向かい合っていました。

閻魔大王は、大きな体を杖《つえ》で支えて、遠い空を見やりながら身じろぎもせず、少年は、その閻魔大王を見上げながら、辻に立つお地蔵さまのように、すっくり佇《たたず》んでいました。

このようにして、またどれくらいの時間が経ったでしょう。

(閻魔) ああ、今日は本当に、気負い立って六道の辻へなぞ出て来るんじゃなかったわい。力自慢の太郎鬼か、知恵第一の次郎鬼でもよこせばよかった。こうして閻魔が直々に出て来た以上、極楽方への思惑《おもわく》もあり、なまじいに責任を感じるものだから、事がうまくはかどらないと、実に頭の芯《しん》から疲れてくる。

まったく、次から次へと、ろくでもないことばかりが起こる日だ。いばり散らした侍やら、地蔵に取り入った爺さんやら、題目上手のばあさまやら、あげくに、このややこしいチビときた。

どうしたものだろうか。手ぶらで地獄へ帰るのは、閻魔の名をも汚《けが》すであろう。チビの処置にも困ってしまうし……。そうだ！

「やい坊主、わしが一緒に行ってやろう！」

「えっ……。」

「わしが、お前と一緒に歩き回って、父さん母さんを探す手伝いをしてやろうと言うのだ。」

「でも、おじちゃんは閻魔さまでしょ。いろいろと、地獄の用があるんじゃないの？」

「なに、不景気で地獄も暇だから、わしがしばらくいなくったって、大して不都合も起こるまい。」

「おじちゃん、無理してくれなくていいんだよ。ぼく、たぶん、一人で大丈夫だと思うから……。」

「うるさい！　先ほどから、こましゃくれたことばかりぬかす坊主だ。わしが行くと言ったら行くと決まった。断じてわしはお前と一緒に行くぞ。お前の父さんと母さんが見つかるまでな、冥界の隅から隅までかき分けて探してやる。それからゆっくり釈迦なり地蔵なりに会うて、お前の処遇を決めてやる。イチタも連れてきてやるぞ。杓子定規《しゃくしじょうぎ》の地蔵でも、それくらいの融通はきかせてくれるだろう。」

「やっぱり、ぼく一人で、大丈夫と思うけど……。」

少年は小さな声でつぶやいて、その時ぽろりと一つぶ、大きな涙の玉が頬を伝わり落ちました。はなをすすり、のどがひくひく鳴っています。

「黙れ！　これ以上つべこべ言うと、銅《あかがね》の煮え湯の中へ放り込んで、閻魔に逆らうのがどんなに恐ろしいことか、骨の髄まで思い知らせてやらなきゃならん。わしが言ったらそうと決まる。それがここの世界のしきたりなんだからな。わしの言うことに横槍《よこやり》を入れられるのは、釈迦か地蔵くらいのものだ。黙ってわしの言うとおりにしたらよい。……な、坊主、一緒に行こうではないか。」

　言いながら、閻魔大王も、不覚にもぐすんと鼻を鳴らしてしまいました。閻魔大王らしくもなく、まぶたの辺りが、なんだか、ほちほち熱くもなってきました。

　少年が、静かに目を上げて言いました。

「ほんと？　ほんとにおじちゃん、ぼくと一緒に行ってくれるんだね！　ありがとう。ぼく、あんなこと言ってたけど、本当はとても心細かったんだ。それに、おじちゃんは地獄の閻魔さまだからね、やっぱり少し怖かったの。一人でもしっかりしなきゃいけないって、一所懸命、自分に言い聞かせていたの。でも、今はもう、おじちゃんが本当にやさしい人だとわかったから、安心したよ。おじちゃんと一緒だったら、なんにも怖いものなんかないし、きっと、すぐに父さんにも母さんにも会えるよね。じゃ、行こう、さあ、早く出かけようよ、おじちゃん！」

「よしきた、行くぞ。ぐずぐずしていると、また、ろくでもないことが起こりそうな。さっそく出かけるとしよう。ふむ、そうと決めたら、先《せん》からの浮かぬ心がからりと晴れて、ずんとさわやかな気分になった。さあ坊主、出かけよう、出かけよう！」

「おじちゃん、早く早く！」

「よしよし、足取りまでも軽うなった。心もはずんできた。何やら、大声を張り上げてみたくもなったわい。――ヤイヤイ、この辺りの役人ども。ここにいるチビの、父《てて》ごはどこだ、母ごはどこだ、覚えのある者は、閻魔のもとに、早う知らせい、早う知らせい！」

閻魔大王は、冥界中に響くような大声で呼ばわりながら、少年の手を取って、六道の辻から消えました。

（了）

初出 『関西文学』一九九四年七月号（原題「閻魔」）

〈参考文献〉
狂言「朝比奈」「八尾」

もう一つの浄土

毎日、夕ごはんの時、よしお君のお父さんはお酒を飲みます。お母さんがやかんにお湯をしゅんしゅん沸かし、その中にお酒の入った瓶《びん》を入れて、それを三本ほども飲むのですが、その二本目のお酒がなくなる頃になると、お父さんは、少し酔っ払ってきます。

そして、その頃から、ふだんあまりおしゃべりしないお父さんが、よしお君と、弟ののりお君に、時折、昔話をしてくれます。

お父さんの話は、いつだって、怖い話はそのまま怖く、楽しいはずの話でも、なんだか奇妙なものになってしまいます。

今日は、よしお君が学校で習ったこともある、「ねずみ浄土」のお話でした。

＊

山のずっと奥のある村に、一人のじいさまがいた。長く連れ添うたばあさまもおった。ばあさまは、じいさまの頭の働きや体の具合が、このごろめっきりと衰えてきたのを哀《かな》しいことに思っていた。

じいさまとばあさまの間には、子供がなかった。だからじいさまは、こんな年になっても、まだ山の畑へ行って、重い鍬《くわ》を振り上げ振り下ろししなければならなかった。

じいさまはばあさまに、ばあさまはじいさまに、どんな不満があるわけでもなかったが、子宝に恵まれなかったことだけを、二人とも、ひどく心残りに思っていた。その寂しさは、年を重ねるごとに深まってきた。じいさまだとて、鍬の上げ下ろしより、実はそのことの方が、もっと辛《つら》いことだったに違いない。

今日もじいさまは、畑へ行くことになっていた。それで、ばあさまは、いつものように朝の早くからごそごそと起き出して、じいさまに持たせてやるお弁当のしたくを始めた。

まだよく寝入っているじいさまを起こさないようにと、そろりとふとんをすべり出て、暗い台所におり立ったばあさまは、本当なら、ふかふかのごはんを炊いて、おいしいおかずをずらりと並べたいものと思ったが、何しろ、貧しい暮らしであったからな、そういうこともままならなかった。

それでもばあさまは、一所懸命に考えて、仕方がないから、きのうの残りの冷えたごはんに、梅干を一つ押し込んで、塩をぱらぱらとふりかけて、それから端の方に、やっぱりきのうの残りの、つけ菜と煮豆を詰め込んだ。

「じいさまじいさま、もう起きてくだされや。お弁当も出来ましたからに。」

「ほうほう、もうそんな時刻かいの。」

と、じいさまは、ねぼけ眼《まなこ》で起き出してきた。

朝ごはんは、いつものように薄いみそ汁を少々すするだけ。それから何やかやと身じたくをして出かけるじいさまへ、ばあさまは、ちょっとだけためらいがちに、でもしっかりと力を込めて、

「お疲れでしょうがの。今日は日の傾くほどまではがんばって、畑の一枚、きちんと打っておいてくだされや。少うしはかい《ヽヽ》を行かせねば、実りも少のうなってしまいますからの。」

と声をかけた。

「よいわ。よいわ。」

と、じいさまは、いつものとおり生返事《なまへんじ》をして、静かに戸を開けて出て行った。

外はまだ、夜の暗さがほんのりと残っていて、それがかえって快かった。

鍬をかついで、弁当を腰にくくったじいさまは、時折、足もとをふらつかせながら、それでも畑は他の誰が打ってくれるものでもなかったから、気を引き締めて、しこしこと山道を登って行った。

ひんやりした朝もやの中を行くうちに、やがてじっとりと体が汗ばんで、その頃には、陽《ひ》の光も射《さ》してきた。ふと立ち止まったじいさまが、空を見上げると、一瞬くらっとめまいがするほどの強い日差しだ。

できることなら、くらっときたそのついでに、この明るい日差しの中を、そのままふわ

りと雲の上まで昇っていくことはできないものか知らん。なんと今日も暑くなりそうじゃわい。どこやら山の向こうの村里では、おせっかいやきの山姥《やまんば》が出て、田畑を打ってくれるそうなが、そんな山姥なら怖くもないがの——こんなことを、じいさまは、考え考え歩いて行った。

やがて、畑に着いたじいさまは、ばあさまに励まされるまでもなく、根っからの働き者であったから、山姥の話などすぐに頭の中から払いのけ、懸命に、重い鍬を振り回して、ザックザックと畑を打った。

鍬は、打つたびドンと大地に跳《は》ね返される。ザックザックといえば聞こえはいいが、もっと若いころには一打ちで起こせた土を、今は、二打ち三打ちもかかって掘った。

陽はかんかんと照りつける。もうじいさまの体は玉の汗だ。でもじいさまといえば、時々腰をのばし鍬に寄りかかって、澄んだ空にピーヒョロと舞うとんびの姿を見上げては、「フム、よいなあ」とため息をつきながら、すぐに仕事に打ち込んだ。

鍬を上げ下げするたびに、じいさまの額から汗の滴《しずく》が四方に散った。

そうしてやっとお昼になって、お弁当を食べることにした。じいさまは、ふうふう汗をぬぐいながら、畑の脇の大きな松の根かたに腰を据えた。ぐりぐりと盛り上がった根っこに腰かけて、ああ今が極楽浄土と、お弁当の包みの結び目さえ、たっぷりと時間をかけてほどいていった。

ほんに、「浄土」とは、大げさに言い募《つの》るものではなくて、こんなふうに平穏な一時《ひととき》一時のことを言うものなのかも知れない――。この時、じいさまの頭を、ちらりとこんな思いがよぎっていった。

お弁当の中身は、みんな昨日《きのう》いただいたものばかり、でもじいさまは少しも不満に思わず、ばあさま、それではいただきますよと、心の中で手を合わせ、ゆっくり箸を使い出した。

まずは最初に、大好物の煮豆を一つ、ひょいとつまもうとしたそのとたん、箸がすべって、煮豆がぽとんと根っこに落ちた。

その根っこのほとりに、今まで全く気が付かなかった小さな小さな穴があった。その穴へ、落ちた煮豆が、ススススッと、まるで磁石にでも引きつけられるように転がり込んだ。

ああもったいないことをしたと、じいさまは少しうらめしそうな顔をした。でも、なくなったものは仕方がないから、そのままじいさまがお弁当をついていると、いつの間にか、どこからか、優しい物音が始まっている。

初めは何の音かわからなかったが、よく耳を傾けると、ホーホー、タンタンと鳴る笛や太鼓に、ボロロンと弾く琵琶《びわ》の音《ね》らしいものまで聞こえてくる。しかもその音がするのは、先ほど煮豆が転がり込んだ小さな穴の中からのようだった。

じいさまが身をかがめ、耳を穴に近寄せてみると、その物音の中には、にぎやかに楽しそうな歌声までも交じっている。そのさざめきが、温《あたた》かく心に染み入るように聞こえてきた。それは、このところずっと乾き気味だったじいさまの心を、しっとり潤《うるお》してくれるような物音だった。

これらの音を聞いているうちに、じいさまはとてもよい気分になった。ついうとうととして、まぶたがふさがりそうだった。ほんにこれは、極楽浄土の仏さまがたの声のようじゃわいと、夢うつつの中で考えていた。

そうしていたのも実はほんの数瞬のこと。しばらくすると、そのよい歌声や楽《がく》の音《ね》は、ふいに、かき消すように消えてしまった。我に返ったじいさまは、まだ夢からさめやらぬ面持ちで、ぼんやり辺りを見回した。

打ち返された畑と、土くれによごれた鍬と、広げられたお弁当と、それに、木立をそよぐ風も、かんかん照りつける太陽も、みんな元のままだった。

なんだか寂しい心のまま、じいさまは、もう一度お弁当を食べ始めた。

だがそのうちに、じいさまはふと思い当たった。煮豆が転がり込んでから、あのよい音が聞こえてきたのだから、また豆を入れたら聞こえるかも知れない。試しにもう一つ、穴の中へ落としてみよう――。

すると、思ったとおり、先ほどと同じよい物音が聞こえてきた。なんだそうだったのかいと、じいさまは、次から次へと豆を入れ、豆がなくなるとつけ菜を押し込み、つけ菜がなくなるとごはんまで、小さなおにぎりにして、全部穴の中へ転がし込んだ。よい物音は、長いあいだ続いていたが、何も入れるものがなくなると、最初の時と同じように、ふっと消えてしまった。

その間《かん》じいさまは、物音を少しでもはっきりと聞くために、ずんずん穴ににじり寄り、最後には、もうほとんど、穴の中に首を突き入れるほどになっていた。だから、初めは小さな穴だったのが、ちょうどじいさまの頭の大きさくらいにもなっていた。

音が消えると、じいさまは穴から首を引き抜いた。ちょっとめまいがして、しばらくぼんやりと座っていた。

じいさまの首から上は、まるで泥人形みたいになっていた。

気が付くと、やっぱり陽はまぶしく照って、小鳥のさえずりが聞こえる山の中だ。

あれは何だったのか、ほんに心をなごませてくれる声や音色じゃったわい。ことのほかよい思いをさせてもろうた。帰ったらばあさまにも話して聞かせようと、じいさまは快い気分に浸っていた。

でも、こんなことで畑仕事をなまけていたと知ったら、ばあさまは機嫌を損ねるかも知れないなと、心配になったりもした。

その夜じいさまは、いろりのそばで、ためらいがちに口をもぐもぐとさせながら、昼間のことを話しだした。

「畑の脇にある、ほれ、あの松の根方の穴っこにな、お弁当の煮豆がころんと入ってての。するとそこから、極楽浄土にあるような、よい物音が聞こえてきたのじゃ……。」

するとばあさまは、終わりまで聞かないうちに、

「それはじいさま、きっと山姥か天狗《てんぐ》にでもからかわれなすったのですよ。極楽浄土は西方の天にあると決まったもの。裏山の松の根方の穴の底になぞ、あるものですか。しっかりしてくださいよ。」

と、ぴしゃりとじいさまの頼りなさをたしなめた。

泥まみれの異様な姿をして戻ってきた時から、ばあさまは、じいさまの頭の中が本当に壊れかかっているのじゃないかと、気が気ではなかったのだ。

そうはっきりと言われると、理屈で説明できることでもなかったから、じいさまは、それ以上は黙っているより仕方がなかった。

でもじいさまは、ばあさまにそう言われたからといって、あの甘美な物音を忘れられるわけもなく、その後は畑へ行くたびに、独りそれを聞くのを楽しみにするようになった。畑に大した仕事がなくても、何やかやと理由をつけて、その音を聞くためにわざわざ山へ行くようになった。

最初の時のように、無理やり頭まで穴に押し込むなどということはしなかったが、それ

でも、だらりと地面に横たわり、耳を穴に押しつけて、一言一音も聞き漏らすまいと、必死にその音に聞き入った。

ふだんは頼りなげで少し疲れ気味に見えるじいさまの表情が、この時には、若者のように輝いて、やがて物音が体じゅうに満ちあふれてくるにつれて、幼児のように安らかになった。そうしていつまでも、フムフムと小声でうなずきながら聞き入った。

じいさまは、すっかりその物音のとりこになってしまったんだな。誰にだって、そんなふうに何かの物音に聞き惚《ほ》れてしまうってのは、あることらしい。

じいさまは、折々ばあさまにも一緒に行ってみようと勧めたが、ばあさまは一向に取り合わない。そんなありそうもないことを真面目に信じ込むほど、ばあさまはまだ老いぼれてはいなかったのだ。ばあさまは、自分のことをそのように自覚していた。

でも、じいさまがあまり熱心に勧めるので、ばあさまだとて、この年になって浄土と聞けば、やはり何とはなしに気になるものだから、だんだん興味を持ってきた。

そしてこのごろでは、

「まあそのうち、山登りによさそうな日和になったらば、私も行ってみましょうか。」

と言うくらいになっていた。

その日じいさまは、また物音を聞いていた。お弁当を自分はほんの一口だけ食べて、あとは全部、順々に穴の中へ転がし込んで——。

　何もかもいつものとおり、やがて物音は消えていった。

　幸せな気分からさめて、気を取り直したじいさまが、もうお弁当もないことだし、おなかはすいたが、また一仕事しなければと、鍬を取って立ち上がろうとした時だった。

　穴の中で、何やらカサコソ音がして、小さなねずみが一匹、頭をのぞかせた。ねずみは鼻面をひくひくと動かしながら、辺りをきょろきょろ見回している。そばにいるじいさまにちょっとだけ視線を止めて、すぐにまた穴の中へ戻っていった。

　ふうむ、この穴にはねずみが棲《す》んでおるのか、かわいらしい子ねずみじゃった。わしもあのように小さな体であれば、穴に入っていけるのにな……。

　そんなことを考えながら、しゃがみ込んで、じいさまはしばらく穴を見つめていた。すると、もう一度カサコソと音がして、さっきの子ねずみが、今度は、恐れ気もなく、穴の前に全身を現した。そして、じいさまに向かって後ろ脚で立ち上がり、おもちゃのほうきのような手を、めまぐるしくひらひらともみ合わせ始めた。

「おやおや、これはおもしろい。」

　うれしくなったじいさまは、優しい声で子ねずみに話しかけた。

「こりゃ、ねずみさん。この穴の底にあるのはねずみの国かえ。なんとよい物音のする所じゃな。わしも仲間に入れてもらえぬものかのう。」

子ねずみは、じいさまの声にびっくりしたのか、さっと穴に飛び込んだ。それでも頭だけはのぞかせて、じっとじいさまの様子を窺《うかが》っている。穴の縁《ふち》にかけた小さな白っぽい手が、妙にくっきりとして生々しい。

「ほんに、わしらには授からなかった、かわいい赤子《あかご》の手のようじゃ。」

その手を見つめているうちに、じいさまは、本当に自分の子供の手のように思えてきた。無性《むしょう》に、子ねずみと一緒に穴の中へ入ってしまいたくなった。

こんなふうに煮豆やおにぎりを転がし込んでいるばかりではつまらない。穴の中にはもっとずっと素晴らしいことがありそうだ。いいや、ほかに何《なん》にもなくったって構わない。ただあの柔らかそうな手を握りしめ、よい物音に思うぞんぶん酔い痴《し》れたい……。そういう望みのかなえられる世界が、穴の底にあるような気がしてきた。

いつの間にかじいさまは、もう自分の行き場所が、そこよりほかにないような気持ちになっていたんだな。

子ねずみは、じいさまの決心を促すように待ち受けている。小さな目が、じいさまの心の内を見通すように光っている。

その目は、無心だけれど、無心すぎてちょっと不自然な感じもした。

「じゃが、わしの大きな体では、その穴には入れそうもないわ。何かよい知恵はないものかのう。」

そう言いながらじいさまは、そろりそろりと子ねずみの方へ手をさしのべた。すると、子ねずみも手をさしのべて、じいさまをゆっくりゆっくり穴の中へ引きずり込んだ。濃い暗やみがじいさまの体を押し包んだ。

不安になったじいさまは、さしのべられたものを――ひんやりとした小さな手を――、必死につかんで離さなかった。離すとひどく中途半端な世界に放り出されるような気がした。

じいさまがしっかり目をつむると、頭の中が急にぐるぐる回り始めた。ねずみたちがいっぱい出てきて、何だかぐじゃぐじゃと柔らかいものにくるまっているような気分になった。

ああ、これが話に聞いたことのある「ねずみ浄土」というものなのか。ちょっと風変わりな気もするが、まあ西天の極楽浄土へ行くのは大変なことらしいし、浄土と名の付く所は、他にも幾つかあると聞く。わしはねずみ浄土で本望じゃ。わしが一人で行ってしまうと、ばあさまは寂しがるに違いない。どうしたものか。だがあれほど一緒に行こうと誘ってやったのに、付いてこないのだから仕方がないな……、とじいさまは薄れていく意識の中で考えていた。

頭から肩、肩から腰、腰から足の方へと、じいさまの体は、ゴボゴボ、ゴボゴボと引き込まれていった。そうして最後に、足の指先まで見えなくなった。

そんなふうにして、じいさまがいなくなっても、山の畑では、やっぱり陽はかんかんと照っていて、風のそよぎ、小鳥のさえずりも続いていた。じいさまの持ってきた鍬と、お弁当の包みだけが、ぽつんと、明るい日差しの中に残っていた。

じいさまが、首尾よく「ねずみ浄土」へたどり着けたかどうかは知らないよ。何しろねずみは、浄土とこの世を往き来する不思議な生き物とされる一方で、災厄《さいやく》をもたらす、忌まわしい魔の使いとも言われるからな。じいさまを取り込んだのが、浄土のねずみだったらいいのだけれど……。

その夜じいさまは帰ってこなかった。一晩じゅう心配でまんじりともできなかったばあさまは、翌朝すぐに山の畑へ行ってみた。でもそこには、じいさまの鍬とお弁当の包みが転がっているだけで、辺りはシンと静まり返っている。

じいさまがいなくなった！　という思いがばあさまの心に突き上がってきた。なぜだか、じいさまはもう決して戻ってこないだろう、という気がした。

じいさまがたびたび話していた穴を探してみると、松の根方に、何の変哲もない小さな穴があるきりだ。まさかそんな小さな穴にじいさまが吸い込まれたとは思わないから、ばあさまは、仕方なくすごすごと山を下りた。

じいさまがいなくなってから、ばあさまの気の落としようといったらなかった。まだまだしゃっきりしていたはずのばあさまが、急に本当の年寄りみたいになって、どっと床に就いてしまった。

「じいさまがあれほど熱心に誘うてくれた時、いいかげんに聞き流さず、すぐさま一緒に行けばよかった、山姥か天狗に連れ去られたにせよ、土の底の浄土へ行ったにせよ、こう独りで取り残されるより、その方がどれだけよかったことか……。」

と、ばあさまは涙を流して悲しんだ。


さて、ここに、このじいさまばあさまの家の隣に、金持ちのじいさまがおった。金持ちとはいっても、まあ、隣のじいさまばあさまに比べたらの話で、さほどお金が有り余っていたというほどではない。辛抱強く小金《こがね》をためて、どうにか不自由のない暮らしを立てているというくらいのことだった。正直者で心根の優しいじいさまだった。

でも、心が優しいというだけで人は幸せになれるというものではないから、このじいさまも、そこはかとなく虚《うつ》ろな生涯を過ごしてきた。

このじいさまは、隣のじいさまがいなくなり、ばあさまが嘆き悲しんでいるのを知って、とてもかわいそうに思った。それというのも、自分が数年前ばあさまに先立たれた時、やはり辛《つら》い思いを味わったからな。隣のばあさまの気持ちが手に取るようにわかったわけだ。そこで、ばあさまを慰めてやろうと、さっそく、もぎたての大きな梨を五つ六つ盆にのせて、臥《ふ》したばあさまの枕元にやって来た。

ばあさまは、まだぽろぽろ涙をこぼしながら、梨をサクサクといただいた。いただきながら、いなくなったじいさまの不思議な話の一部始終を、「ところでのう」と話題を変えるふうに、三回くらいも繰り返した。三回目の「ところでのう」が始まった時、じいさまの背筋を、一瞬、冷たいものが走り抜けた。

ばあさまの話から、このじいさまは、隣のじいさまが土の底の浄土へ行ったらしいということを知らされた。このじいさまも、もう自分の老い先がさほど長くないということを悟っており、死んだ後には何とか極楽浄土へ生まれ変わりたいと思っていたから、この話には並々ならぬ興味を持った。

お金持ちではあったけれど、身寄りのない、寂しい暮らしであったからな、その浄土とやらが本当にあるものならば、今すぐにでもそこへ行ってみたいと考えたのだ。

自分がそう思うだけでなく、ばあさまがぜひもう一度あの山の畑へ行ってみたいとせがむので、一緒に行ってみることにした。

ばあさまは、心がすっかり子供のようになってしまって、いつまでもこのじいさまをそばに引き止めておこうとした。

きっと、誰でもいいからそばにいてほしい、話し相手になってもらいたいと思ったのだ。ばあさまに限ったことではない、人には、そんなふうに、飢えたように人交《ひとまじ》わりをしたくなる時っていうのがあるんだよ。

次の日の朝、じいさまは、ばあさまを背負って山の畑へ登って行った。これまで朝夕の食事もつましく切り詰めてきたじいさまが、一世一代の豪華なお弁当をこしらえて――何しろ浄土へ行けるかどうかの分かれ目だったからな――、おにぎりなんかも、いちばん上等の米でずいぶん大きなのを作っておいた。

じいさまは意気揚々と登って行った。登るにつれて、ばあさまとお弁当の重みがずっしりと応《こた》えてきたが、間もなく浄土が見える、そこへ行けるかも知れないと思うと、そんなことも苦にならなかった。

ばあさまは、じいさまの背にしがみつき、小声でナム、アミダブツの名号《みょうごう》を唱えていた。時折じっと黙り込み、鼻先で揺れるじいさまの白髪頭を見つめては、ああこれがわしのじいさまであったらよいのに、いやそれよりも、わしらの息子の背に揺られているのであったらば、なんの、姨捨《おばすて》だとてよかったろうに、とも思っていた。

やがて二人は畑に着いた。確かに松の根方に穴がある。話に聞いていたとおり、何の変哲もない、ただのもぐら穴のようだった。

「ふうむ、これが浄土の入り口とは、考えられんがなあ。」

と、じいさまは穴のほとりに佇んで、しげしげと見下ろした。

「やっぱり、山姥か天狗にさらわれたのでしょうかのう。」

ばあさまは松の木陰に座り込んで、情けなさそうにつぶやいた。

来る前には心の中で、浄土にふさわしいおごそかな風情を思い描いていたじいさまは、大汗かいてやって来たかいもなく、ここは本当に、ただの山の畑にすぎないので、何だか急に力が抜けた。

やはり浄土はそう簡単には見つからない。浄土がどこにあるか、知っている人に会ったこともない。世間の話では、夢うつつの間に地獄・極楽巡りをして戻ってきた人もあるということだが、それはほんに夢うつつの中であればのこと、目に見え、手でさわれるような確かな浄土を求めるのは、無理な願いなのかも知れぬ——そう考えて、じいさまはふっと大きな吐息をついた。

それでも思い直して、せっかくここまで来たのだから、まあ話に聞いていたとおりにはしてみようと、まず大粒の煮豆を二つ三つ穴の中へ転がし込んだ。するとかすかに、気のせいか風の音かと思われるほどではあったけれども、下から何か物音がする。

「おやおや、ばあさま、これはおかしい！　やっぱり、この穴の底には何やらありそうな！」

ばあさまも、一心に耳を穴にすり寄せて聞き入ったが、どうもばあさまの耳はこのごろずいぶん遠くなってしまっていたから、ほとんど物音が聞き取れない。ばあさまは、そっと木陰に戻り、そのまま、何もない空の一点に目を凝らした。その空からは、陽がさんさんと射している。

じいさまは、ごちそうをどんどん穴へ投げ込んだ。音は次第に大きくなった。それにつれて、体じゅうがよい気持ちになって踊り出したいほどだった。

「浄土じゃ！　浄土じゃ！」

と口走りながら、夢中になったじいさまは、今度はいちばん大きなおにぎりを転がし込もうとした。

だがそこで、困ったことに気が付いた。おにぎりが大きすぎて小さな穴につかえてしまう。せっかくしっかりと握り固めたおにぎりを今さら二つに割るのは不恰好《ぶかっこう》だし、何とかして大きなやつをどんと転がし込んだ方が、もっとよいことが起こりそうな——。

そう考えてじいさまは、穴を少しずつ掘り広げ始めた。

じいさまは一心不乱に掘り進んだ。体じゅうが泥だらけ、指先からは血が滴《したた》ってきたが、そんなことにはお構いなく、目を輝かせて掘り続けた。

やがて、穴がぐっと広くなっている所まで来た。そこでじいさまは、

「ここまで来れば、大きなおにぎりでも大丈夫！」

と、エイと勢いよくおにぎりを転がし込んだ。こんな大きなおにぎりだから、今度は何が起こるだろう。隣のじいさまの粗末なお弁当で極楽浄土へ行けたのなら、この上等のお

弁当で行けないはずはあるまいと、胸をわくわくさせて待っていた。

するとと、何だか下の方で、ズボッと重い音がした。そしてそれきり、これまで続いていたよい物音がやんでしまった。いつまで待っても、他に何事も起こらない。あわてたじいさまは、残りのおにぎりを次々と投げ込んだが、快い物音はぴたりとやんだきりだった。

さっきのズボッという音は、どうも、おにぎりが穴の途中で狭くなった所に引っかかった時の音らしい。立派すぎたおにぎりが、ちょうど穴のその部分に栓《せん》をしたようになってしまったんだな。意気込みすぎて、じいさまはとんだ失敗をしたわけだ。

驚いたじいさまは、もう一度力を振りしぼって、ずんずん穴を掘り進んだが、そのうち大きな岩に突き当たった。岩は二つ並んでいて、その岩の間を穴はまだまだ下につながっているようだ。おにぎりは、そのずっと先に引っかかっているらしい。じいさまには、手の施しようもないことだ。

明るすぎるくらいの陽の下で、さやさやと鳴る木の葉のそよぎ、ピッピッと聞こえる小鳥のさえずり、じっとこちらを見つめているばあさまの動かぬ目、泥と血にまみれた自分の手――我に返ったじいさまは、

「やれやれ、惜しいことをした。もう一息というところじゃったのにな。何《なん》にも変わったことは起こらぬわ。これから先も起こりそうにない。浄土とはやはり、こうして求めてみるだけのものなのかのう……。」

そうつぶやいて、少し安心もした。

それで、このじいさまは、何だかからりと寂しい心のまま、格別悲しみに打ちひしがれるでもなく、ただ出かけてくる時よりは少しばかりしょんぼりとして、荷物でも扱うようにヨイショとばあさまを背負い直し、ゆっくり山を下って行った。

下りながら、背中のばあさまへ、

「じいさまはどこへ行ったのかのう。あのような細い穴の底には入れまいに。今度は、山の向こうを探してみようかのう。」

「やっぱり浄土は、見つからなんだのう。」

「それとなあ、ばあさまや。極楽浄土に往生できても、そこでもまた、わしらの世界と同じように、人それぞれに幸いを得る量に違いがあるらしい。無知なわしらにはわからぬことじゃが、あんまり浄土浄土と憧《あこが》れるほどの所ではないのかも知れぬぞ。」

と、繰り返し、自分自身にも言い聞かせるように話しかけていた。

こうして歩いているうちに、じいさまは、今まで気にも留めなかったことに気が付いた。さっきも頭をよぎったことだが、木の葉のそよぎ、微《かす》かな風の音、小鳥のさえずり、秋めいた空からの透明な日差し、それらがまるで、自分にとっての「浄土」の一部のように思えてきた。

ばあさまは、じいさまの広い背中で、いつの間にか、もうここが浄土というようにすやすやと眠っている。

＊

ああ、また話が変なふうになっちゃってる、お父さんの話はいつもこんなんだからな、とよしお君は気が気でなくなりました。

学校で習った時には、隣のおじいさんはあんなに優しくなかったはずなのに……。でも、いよいよこれから、初めのおじいさんがねずみの国へ行って、ねずみたちと楽しく歌ったり踊ったり、それから素晴らしいお土産をもらって帰ってくる話になるんだぞと、期待して待っていました。

のりお君も、チリンチリンとお箸で茶碗《ちゃわん》を鳴らしながら、話が先に進むのを待ち受けています。

ところが、お父さんはそれきり黙ってしまいました。テーブルのそばの壁にもたれかかり、頭を深く垂れたお父さんの顔を、よしお君とのりお君がのぞき込んでみると、お父さんは、お話はもうこれでおしまいというように、いねむりを始めていたのです。

「さっきのおばあさんみたい。」

と、のりお君がつまらなさそうに言いました。三本目のお酒の瓶も、もうすっかり空《から》になっています。よしお君は、お話の続きを頼んでみようかどうしようかと迷いましたが、お父さんがずいぶん気持ちよさそうだったので、黙っていました。

「ねえ、お話の続きはどうなるの。」

と、のりお君が尋ねると、よしお君はちょっとお父さんの口調をまねて、怒ったように、

「知らないよ。」

と、言いました。

料理を作る手を休めて、途中からお父さんの話を聞いていたお母さんは、またお父さんがお酒を飲みすぎたのじゃないかと、心配そうな顔をしています。

でも、お母さんの表情は、ちょっとだけ幸せそうでもありました。お母さんも、今この瞬間に、もう一つの、自分だけの浄土を見つけていたようです。

（了）

初出　『関西文学』一九九五年九月号（原題「浄土へ」）

〈参考文献〉

民話「ねずみ浄土」

天狗《てんぐ》の来る里

現実の世界と異界との境目が、まだあまり明確に意識されてなかった頃の話である。山《やま》姥《んば》とか山男とか、天狗などと呼ばれる異界のものたちが、何かの拍子にひょいと人々の暮らしの中に紛れ込んでくることがあった。

＊

山々に囲まれた、とある村里に、平右衛門《へいえもん》という者がいた。彼は毎年、冬になると、山一つ越えた郡《こおり》の温泉に行くのを楽しみにしていた。

その年の冬も、温泉に来て二日目のこと、もうおよそ小半時ほども、穏やかに湯加減を楽しんでいた。

ちょうど日は西山に落ちたばかり、辺《あた》りにはまだ明るさが残っていて、心和らぐたそかれ時である。

突然、ガラリと湯屋の戸が開いて、一人の男が入ってきた。背丈が二メートル近くもあろうかという壮年の偉丈夫である。湯船に近づくと、野放図に立ったままかかり湯をして、ずぼんと湯の中に飛び込んだ。水玉が四方にはね散る。

見慣れないどこか異様な感じの男、その不作法な振る舞いからして、湯を楽しむ風流人とも思われず、おかしいなとは思いながら、先ほどから一人きりで、少し人恋しくもなっていた平右衛門は、構わず声をかけた。

「あまりお目にかかったこともないようですが、どちらからお出《い》でで？」

すぐに、

「出羽の羽黒から来た。」

と、ぶっきらぼうな返事が戻ってきた。

「羽黒とはまたずいぶん遠くからお越しになったもので。今年は雪も深く、難儀なさいましたろう。さぞお疲れでしょうな。」

「なに、ひと飛びだから難儀はせぬ。」

「それでも、あんなに遠くからでは、山を幾つも上り下りして、やはり大変でしょう。」

「それしきのひと飛びはたやすいことだ。」

どうも話がかみ合わない。普通の人とは少し勝手が違うようだ。出羽からここまでひと飛びというのも、どういうことなのか。

「羽黒からと言いますと、あの、修験《しゅげん》の行者《ぎょうじゃ》さまでございますか？」

「俺は天狗だ。」

立ち込めた湯気の中から、太い声が返ってきた。意外な返事で、すぐには返す言葉もない。この男が本当に天狗なのかどうか、鼻はがっしりと盛り上がった鉤鼻《かぎばな》だが、格別天狗めいているというわけでもない。肌は、全身濃い赤銅色《しゃくどういろ》だ。

全体の印象として、いささか人間離れしているのは確かである。

もし本当の天狗だとしたら、天狗は鳶《とび》になって空を翔《か》けるというから、さっきひと飛びと言ったのも、では実際に空を飛んできたのだろうか。

「ところで、お前の住まいはこの近くか？」

「私は、この山向こうの白神郷《しろがみごう》に住む平右衛門という者です。そう言ってくれれば、あの辺りではすぐにわかりますよ。」

「そうかい、それは好都合だ。俺はよくあの里の近くの権現岳や足高山《あしだかやま》へ行くんだが、知り合いがないので長逗留《ながとうりゅう》をしたことがない。地神《じがみ》と一緒に土の中へもぐるわけにもいかないしな。今度からは、そちらへ行く時には、お前の家でやっかいになろう。」

「ええ、それはどうぞ、ご遠慮なく。あの近くには、よくいらっしゃるんですか？」

「毎年霜月《しもつき》（十一月）の末ごろには必ず立ち寄る。月山補陀落《がっさんふだらく》の次郎天狗どのの使いでな。地神と組んで、このごろ、あの辺りに強まっている妖気を見回るように言われている。」

「補陀落というと、あの、観世音菩薩さまのおわしますという？　そのお使いですか？」

「まあ、使い走りのようなものだ。そんなことはどうでもよい。とにかく、俺が行く時には、何も気遣いなどしてくれなくてよいが、酒だけは切らさぬようにな。酒は白いのがよい。」

その日の夜遅くになって、天狗がひょいと平右衛門の部屋に顔を出し、

「もう出かける。また会おうな。来年の今ごろきっと行くから、酒のことは頼んだぞ。」

と念押しして、夜の闇に溶け込むように姿を消した。


次の年の冬、約束どおり霜月の末ごろの昼下がりに、天狗が平右衛門の家を訪ねてきた。薄茶色の狩衣《かりぎぬ》のような織物を着て、腰には小さな瓢簞《ひょうたん》を皮紐《かわひも》で縛ってぶら下げている。戸外の木枯らしの中に立っても、一向に寒そうな様子はない。

「やぁ、その後、達者《たっしゃ》でいたか。今着いたところだが、これから国ざかいの足高山まで行ってくる。なに、地神との話はじき終わるから、日暮れまでには帰ってくる。それまでに、きっと酒の用意を忘れぬようにな。」

そう厚かましく言いおいて出かけてから、一刻《いっとき》（約二時間）近くして戻ってきた。

「どうも、足高の頂は雪が深くてな。思いのほか難渋した。地神も、寒い寒いとぼやいておった。来年の春は、ずいぶん遅かろうとよ。」

そう言う天狗の着物の襟に、何かの木の葉が一枚はさまっていたのが、わらじを脱ごうとしゃがんだ拍子に、はらりと土間に落ちた。

「あっ、ナギの葉ァ！」

天狗と名乗る男が来るというので、物珍しさに顔をそろえていた家族の者たちの後ろから、サナエが跳び出してきて、その葉っぱを拾い上げた。

本当にそれは、この辺りでは足高山の頂にしかないナギの葉で、ここからその場所まで、普通の人の足ではとても一刻やそこらで行って戻れるはずがない。しかもその葉は、いま枝からちぎり取ったばかりのように、まだ生気を含んでみずみずしい。

サナエは平右衛門の末娘で、この時はまだあどけなさの残る年ごろだった。初めて会った奇妙な風体《ふうてい》の大男を怖がりもせず、にこにこ笑って見上げている。

天狗はそれをじろりと見下ろし、ふと目を和《なご》ませた。そして、ヤツデの葉のような手のひらで、小さなおかっぱ頭をがくがくとかき回した。

その夜天狗は、上等の白酒でもてなされて、

「ふむ、甘みも香りも申し分ない。」

と上機嫌だった。

真夜中を過ぎて皆が寝静まってからも、独り、盃《さかずき》を傾け続けていた。

次の日の朝、天狗は、昨夜あんなに大酒を飲んだのにからりとした顔で起きてきて、

「今日は羽黒へ戻る。途中で次郎天狗どのに報告せねばならぬことがあるので、早出《はやで》しよう。これに昨日の白酒を少々仕込んでくれ。道中が寂しいでな。」

そう言って腰に付けていた瓢箪を差し出した。小さな瓢箪なのに、平右衛門のおかみさんがいくら柄杓《ひしゃく》で汲《く》み入れても、一向に溢《あふ》れ出る気配がない。みんな不審顔でのぞき込んでいたところ、天狗は薄く笑い、

「もうそれくらいでよい。」

と、おかみさんの手からひょいと瓢箪を取り上げた。そして、

「世話をかけたな。これは酒代《さかて》だ。」

と一文銭を数枚、チャリンと投げて、瓢然《ひょうぜん》と山あいの道を遠ざかっていった。

天狗が来て以来、まだわずかな期間のこととはいえ、サナエは、ずっと天狗のそばを離れようとしなかった。

その時も、天狗さんと駆け比べをするんだわと走り出したが、不思議なくらい、あっという間に引き離されてしまった。

天狗はそれまで、サナエにつきまとわれてむしろ楽しそうにしていたが、この時はサナエのことなど眼中にない様子で、本当に風のように去っていった。

サナエは不満そうに、いつまでも道の果てを見つめていた。

天狗はそれから毎年同じ頃に、颯々《さつさつ》と風に運ばれてくるといった感じで姿を現し、二、三日から、長い時には四、五日くらい泊まっていった。

好みの白酒さえ不足のないようにしておけばよいという、手のかからない客だったから、平右衛門の家の人たちは、天狗が来ることを格別負担に感じるでもなく、快く迎えることができたのである。

滞在中の天狗は、足高山に行くと言ったり権現岳に行くと言ったりして、時々姿を消すことはあったが、しばらくすると帰ってきて、また酒を飲み続けていた。

山へ行って天狗がしていることというのは、どうやら地神との話し合いのようだった。天狗が山から帰ってくると、春が遅いとか早いとか、妖気の源である地妖《ちよう》・地怪《ちかい》がはびこって草木に虫がつきそうだ、穀類の病気が広まるから注意しておくようにとか口にすることが多かった。

地神とはそんな情報交換とその対策を練っているのかと思われた。

気候や作物について語る天狗の予想は、どれも不思議なくらいぴたりぴたりと当たっていた。それで、最初はただのぐうたらで身勝手な山男くらいに思われていたのが、次第に村人からも一目置かれるようになった。

山の中で、時折この天狗らしい大男に会ったという者もいる。その大男の風貌が、全体にどことなく人間離れしたものだったので、会った者は皆、このごろ近郷の平右衛門旦那の所に天狗が現れるという噂《うわさ》だが、これがその天狗なのかも知れないと思ったそうだ。

ただ木立の中をぶらぶらしているだけだった、という話が大半だったが、中には、木こりの手伝いにやすやすと大木をへし折ったり、獰猛《どうもう》な大猪《おおいのしし》をふらふらに弱らせて、猟師の前に放り出してみせたりしたという話も交じっていた。

また、この大男が、背の低い、ひどく太った男と連れ立っているのを見たという者もいる。

大男とは対照的に、こちらはぬめぬめとした色白の肌で、瞼《まぶた》が異様に垂れ下がり、瞳があるのかどうかもわからない。体全体をずるずる引きずるような動き方をして、薄気味悪かったそうである。

それで、これが天狗の話に時折出てくる「地神」なのかも知れないと噂された。

この男たちとすれ違った者が小耳にはさんだところでは、二人は少し緊張した様子で、早口に、権現岳の風神《ふうじん》を使いにやるべしとか、補陀落の太郎天狗・次郎天狗どのがどうとかと、奇妙な話をしていたそうである。

次の年、天狗らしいと言えるかどうか、普通の人でないような振る舞いと言えば、こんなこともあった。

快い小春日和のある日、どういう風の吹き回しか、天狗がサナエに、権現岳に登ってみようと誘いかけた。これまで天狗からこんなふうに誘われたことはなかったので、サナエは大喜びだった。

サナエがあまりはしゃぐので、平右衛門とおかみさん、それに使用人たちまで羨《うらや》ましがって、自分たちもぜひ連れて行ってほしいと願い出た。

「なんだ、お前たちもついてくるのか。」

と天狗は少し鼻白《はなじら》む様子だった。それでも、皆は妙にうきうきとして、弁当などせっせと作り、お祭り気分で山に入った。

何しろ、出羽からこの地までひと飛びで来るという天狗のことだから、どんなに素早く山道を駆け登るのだろうか、その姿を早く見たいものだと、皆、期待していたのである。

ところが、いざ登り始めると、天狗の足はのろくて、とかく遅れがちになる。時々は道端の岩に座り込んで、腰の瓢簞から、のんきそうに酒を飲んでいる。

そんなふうにして山の中腹まで来た時、天狗は、ああ疲れた、もう歩けぬぞといった様子で、どたりと草むらに座り込んでしまった。皆、こんなにのろのろとしてだらしのない天狗を見て、すっかり拍子抜けした。そこで、天狗を置いてずんずん先へ進み始めた。

天狗のそばにはサナエだけが残っていた。サナエは、いたずらっぽく目を輝かせながら、皆の方へひらひらと手を振っていた。

天狗が、いつになく口元をほころばせている。

サナエがどのような気持ちでそうしていたのか、天真爛漫《てんしんらんまん》のようにも見えたが、天狗に軽く寄り添った姿勢には、いくらかの大人びた艶《つや》やかさが混じっていた。

肩に切り揃《そろ》えた髪が陽《ひ》に輝いて美しく、少女らしい端正さを残す顔に、匂い立つような気配が漂っている。平右衛門には、わが娘のことながら、一瞬、眩《まぶ》しいくらいに見えた。なんだか突然、生まれ変わった娘を見せつけられたような気がしたのである。

心残りだったが、仕方なく二人を置き去りにして、やがて平右衛門たちは大汗かいて頂上にたどり着いた。するとそこには、もう天狗とサナエがいて、二人とも、汗一つかかない顔でにこにこしている。

「お前たちは、途中で飯《めし》でも食べてきたのか。」

そう言って天狗は、からからと大笑いした。すがすがしい山気の中に、天狗の哄笑《こうしょう》が響き渡った。サナエの姿は、不思議な白い輝きを帯びている。

あとで皆が、どうしてあんなに早く登れたのか、近道なんかもないはずだしと、サナエに尋ねてみたが、それは自分にだってよくわからない、ただ天狗に手を取られて歩いているうちに、いつの間にか険しい細道に入り、宙を飛ぶような気持ちになっていた。

「天狗さんはきっと、岳《たけ》の風神の助けを借りたんだわ。」

と、すまし顔で答えるだけだった。

権現岳の近くに正太郎池《しょうたろう》という古池がある。周囲二キロくらいもあって、岸辺までブナの原生林が押し寄せ、神秘な佇《たたず》まいを見せている。

冬でも妙に暖かさが地表を去らず、たくさんの花が咲く、この辺りの土地では他に見られない所だった。

天狗が平右衛門の家に来るようになって三年目の冬、サナエはある日、ここへ花摘みに来ていた。昼下がりの頃から来て、夢中であちこち歩き回っているうちに、いつか日暮れが迫っていた。

黙って出てきたから家では心配しているだろう。でもきれいな花を見れば、きっと皆喜んでくれるに違いない。

殺風景な天狗さんの部屋にも飾っておこう。もう今日・明日にも天狗さんがやって来る頃だからと、帰りかけた時、急に立ちくらみに襲われた。

空気全体がざわざわと揺れ動き、池の水は不気味にうねりを増している。山ぎわが赤黒く染まり、その濃い夕焼けの中に、小さな虫みたいなものがぴちぴちと飛び交い、充満している。そしてそれらは、なぜか悪意に満ちている。

薄れていく意識の中で、サナエはそんなことを感じていた。

気が付いた時、サナエは天狗の背に揺られていた。まだ空に明るさは残っていたから、サナエが気を失っていたのは、ごくわずかな時間のようだ。

正太郎池から遠ざかった頃、天狗がぼそりと口を開いた。

「間《ま》に合ってよかった。何となく気が急《せ》いてな。今日はいきなり正太郎池に来たのだが……。どうだ、もう気分はよいか?」

「はい。」と小声で答えながら、サナエは急に恥ずかしくなり、天狗の背から下りようとした。

「よいよい、もう少しそうしておれ。そう背中でむずむずされると歩きにくい。」

天狗の声は、少し怒りを含んでいた。

「はい……。さっきは、どうしてあんなふうに気分が悪くなってしまったのかしら。」

「これから当分、あの池には近づくな。あの辺りがどうもいちばんよくない。去年の暮れには、イワナの類《たぐい》が浮いていた。今日は、木の立ち枯れも目立っている。」

「これまで、何回も花を摘みに来ていた所なのに……。」

「だが、これからは一人ではもう近寄るな。あんなふうに淀《よど》んだ古池は、昔から性悪《しょうわる》な地妖・地怪どもの棲《す》みかになっておってな。そやつらは、大地の暑熱と古池の底にたまった汚泥《おでい》を吸って太ってくる。ふだんは何事もないように見えるが、やつらは百年、二百年も間《ま》を置いて突然力を増してくる。数年前からそんな動きが見えていたが、このところいよいよ気配が強まってきた。」

「それって、とても怖いことなんですか?」

「なに、まださほど気にするほどのこともないが、それでも、並の人間はその毒気に当てられて、お前のように立ちくらみする。」

そう淡々と語ってから、

「それともお前、これまでにも、めまいとか立ちくらみを起こしたことがあるのか？」

と心配そうに尋ねた。天狗の口調の変化が、サナエの心にツと沁《し》み入った。

「いいえ、今日が初めてです。」

「山の後ろが赤黒く染まっていたろう。あれは普通の夕焼けの様子ではない。地表に這《は》い上がってこようとする地虫たちの妖気が立ちのぼって、空を乱しておるのだ。」

天狗はまるで、今言っておかねばもう言う折がないというように話し続けた。

「そやつらのために、木が立ち腐れ、草に病がつき、穀類は大方やられる。」

「凶作になるんですね。」

「むろんそうなる。放っておけば、やつらははびこり放題にはびこって、人も住めぬような土地になってしまうことだってある。」

「それを防ぐことはできないんですか？」

「防ぎきるのはむずかしい。太郎天狗どのや次郎天狗どのが、直々《じきじき》に出向いてくれれば防げもしようが、あの方々も忙しくてな。とにかく、地神の呪文《アウム》や俺の六神通《ろくじんづう》で防げる範囲は知れている。次郎天狗どのは、今度のことを、地神と力を合わせて、俺たちだけで食い止めよと言われるが、地神は役に立たんからなあ。布袋《ほてい》腹に太ってしまって、歩くのがやっとという有様だ。」

「その太郎天狗さんや次郎天狗さんに助けてもらえないんですか?」

「この地は、俺と地神に任されておる。」

「でも、天狗さんは大丈夫なんでしょ? その時、その怖いものたちが出てきても。」

「いや、これほどやつらの勢いが盛り上がってくるとな、わかっていながら、その妖気にたぶらかされて、心がだんだんそちらへ引き寄せられる。姿・形も一変する。そういう点では、俺も地神と似たようなものだ。」

しばらく黙って歩いた後、天狗がふとおどけた口調で言った。

「サナエ。お前も重くなったな。」

サナエは今度は、無理やり体を引きはがすようにして天狗の背から跳び下りた。

二人の姿が黒い影法師にしか見えないほど、辺りにはもう闇が立ち込めていた。


その翌年。平右衛門はこのごろ、気候の不順やそれに伴う農作業のやりくりなど、気になることが多くて、寝つかれない日々が続いていた。どうにも頭の芯《しん》が休まらない。

天狗が来たその夜も、深更に至るまで眠れずにいた。去年、正太郎池で天狗から聞いたというサナエの話も、ますます気分を滅入らせていた。そこで、今日着いたばかりなのに、迷惑かも知れないとは思いながら、そっと天狗の部屋をのぞいてみた。

夜遅くに到着してすぐに部屋に入った天狗は、一向に疲れた様子もなく、はや相当の酒を飲みほしていた。

平右衛門が顔を出すと、

「なんだ、寝そびれた面《つら》だな。サナエはもう寝たのか。」

と、いきなりサナエのことを聞いてくる。

「ええ、お待ちしていましたが、サナエはもうとっくに休んでおりましょう。手前ばかりが眠れませんでな。少しお相伴《しょうばん》させてもらえれば、気分も変わろうかと思いまして。」

「この家に来てサナエの顔を見ぬのは、ちょいと寂しいが、今日は仕方あるまい。お前が眠れないなら、一晩中でも付き合うぞ。」

それから二人は、どちらからというわけでもなく、問わず語りに、さまざまなことを話題にした。ここ数年の気候の不順、それに伴う災いや作物の収穫への影響のこと、正太郎池の禍々《まがまが》しい空気のことや、去年そこでサナエにも話した地妖・地怪のことなどである。

平右衛門が、もう寝所へ戻ろうと腰を浮かしかけた時、天狗が少し沈んだ口調で、

「太郎天狗・次郎天狗どのは大したものだ。その名を聞いただけで、ここらの地妖・地怪どもは身をすくませる。」

「はい、サナエから少し聞きました。でも、天狗さんだって凄いんだとサナエは申しておりました。」

「フン、俺なんぞはずいぶん下っ端の小天狗だ。何しろ、ろくに修行も積まなかったから

な。きちんと修行したのは、仏や菩薩の手足となって要所要所で働いている。そういう上《じょう》座《ざ》天狗がたくさんいる。太郎天狗どのと次郎天狗どのは、そのまた上の頭《かしら》天狗だ。」

平右衛門は、黙って盃の端をなめている。天狗が珍しく盃を置いて語り続ける。

「そのお二人の助けがないと、いつかは俺も、あの地妖・地怪どもに取り込まれる。」

「エッ、本当に？」

「俺たちのような下座《げざ》の天狗は、今まで、おおむねそうなってきた。」

「そうなると、どうなりますか？」

「卑しい心根《こころね》になってしもうてな、そのさもしい心の命じるままに、何でもやりたい放題のことをするようになる。」

「そんなものですか……。」

「まだあるぞ。やがて悪意の塊《かたまり》になった果てに、人であれ物であれ、良いものであればあるほど損ないたくなる。あげくに、お前たちを食ろうてしまうことだってある。」

「そんな気持ちになるんですか。」

「気持ちだけではない。姿・形まで妖鬼になったやつだって少なくない。いつかは俺も、本当の鬼になる……だろうな。」

それだけ言って黙り込み、天狗は再び盃を重ね始めた。

鬱屈《うっくつ》を晴らすつもりで天狗の部屋へ行った平右衛門は、重い思案にとらわれて、その夜は結局、一睡もできないまま朝を迎えた。

その年には、こんなこともあった。隣村の元次という若者が、カラスの森という山の麓の畑で働いていた。その日はちょうど抜けるように青い空の小春日和で、微風までもが快く、元次は畑の畦《あぜ》に横になって、ついうとうととしていた。

そのうち、ふと脇腹の辺りを小突かれるような気がして目覚めると、そばに赤い顔の大男が立ち、自分を見下ろしている。

元次はとても気性の激しい若者だったので、無遠慮な大男のしぐさに腹を立て、すぐに立ち上がって、

「なんだ、お前は。俺に何か用か!」

と、いきなり喧嘩腰になって怒鳴りつけた。大男は返事もせず、無表情のままやはりじろじろと見つめている。

そこで元次は、もとより力自慢であったから、ヨシそれなら一つ、目にもの見せてくれようと、やにわに男にとびかかった。ところが、元次が覚えているのはそこまでで、後のことは、何がどうなったのか自分でも訳《わけ》のわからないうちに、気が付くと、さっきと同じ畦に寝ていた。

元次の話から、その赤い顔の大男というのは、どうやら平右衛門の家に来る天狗らしい

と噂された。天狗は、元次が抱えて眠っていた弁当の包みが欲しかったのかも知れない、とも言われた。

もっとも、この時弁当は取られてなくて、元次が正気に戻った時、もとどおりそばに転がっていたのだが。

噂を聞いて、平右衛門は困惑した。家におれば、食べ物には何不自由なくありつけるはずだし、天狗が今までそんなものを欲しがるそぶりを見せたことは一度もない。

やはり、どうも奇妙なお人じゃわい。噂が本当だとすれば、ああ見えて、案外さびしがりやのところもありそうだから、そのようにして、ただ人と話すきっかけを求めていただけなのかも知れない。

考えるほどに、平右衛門の困惑は深まるばかりである。

ともあれ、このことは、その時には、またあの元次の向こう見ずが天狗に組みかかるなどしてと、何でもない笑い話として済んだことだった。

それから二年ほど、天狗は平右衛門の家に来ても、酒を飲みながら不機嫌そうにしていることが多かった。

ただ、このごろずいぶん娘らしくなったサナエが酌をしてくれる時には、周囲の者がくすくす笑うほど上機嫌になった。

酌をするサナエの、紺色の絣《かすり》の袖口からのぞく真白《ましろ》な肘《ひじ》――腕《ただむき》――の辺りに眩《まぶ》しそうに視線をやったり、母屋からサナエが見繕《みつくろ》ってくる木の実や漬物など酒の肴《さかな》を見て、無邪気に賞賛の声を上げたりすることもあった。

サナエは天狗の飲み方の呼吸をよく心得ていて、肴を並べる折の何気ないしぐさや、酌をする間《ま》の取り方なども、いちいち天狗の心の慰めになっているようだった。

天狗の泊まっている部屋は、平右衛門が将来自分の隠居所にするつもりで建てた離れで、サナエは酒や肴がなくなるたびに、かいがいしく母屋との間を行き来した。そういう時のサナエは、きっぱりとした態度で、その仕事を女中たちにもやらせなかった。

その夜は、サナエがいつもより長い時間そばにいてくれるので、天狗はことのほか上機嫌だった。夜も次第に更け、サナエが天狗に、その日の最後の一しずくまでついだ時、

「もう、これでしまいか。」

「はい、もうお肴だってありません。母屋のかまどの火も落としてしまいました。」

外の闇の深さが家の中まで滲《し》み入ってくるような、シンとした夜更けである。サナエが膳を片付け始めた時、ふと天狗が、

「サナエ。」

と少し改まった口調で呼びかけ、

「もっとこちらへ寄れ。」

と言う。言われたとおりににじり寄ると、天狗はじっとサナエの瞳をのぞき込み、

「これをお前に渡しておこう。」

と、首筋の辺りをもぞもぞと揺り動かして、衣の下から大きな首飾りを取り出した。

それは、数珠《じゅず》のようにたくさんの玉をつなぎ合わせて出来ていて、一つ一つの玉が、黄玉《おうぎょく》・琥珀《こはく》や煙水晶《けむりすいしょう》のように違う光り方をしている。単なる首飾りよりも呪術性を帯びているように見えたが、普通の山伏が身に着けている、角《かく》ばった刺高数珠《いらたかじゅず》の類とも違うものだった。

「掛けてやるからもう少し寄れ。」

天狗はサナエの肩を引き寄せ、着物の襟を少しゆるめて、肌にじかに触れるようにそれを掛けてやった。サナエはうつむいて、天狗の手元をじっと見つめている。

ゆるんだ襟元から、若い肌のにおいが立ちのぼり、思いがけないその香に驚いたように、天狗はあわててサナエの体を押し戻した。

サナエはすっと姿勢を正し、今度は自ら襟元を広げながら、天狗を見据えて挑むように言った。

「ね、よく似合うかしら？」

「うむ、似合うてはいるがな。だがそれは、人に見せびらかすものではない。誰の目にも触れぬように、しっかりと肌身《はだみ》に着けておくものだ。きっと身の守りになるからな。よい

か、必ず身から離すな。」

「でも、天狗さんが大事にしていたものなんでしょう。もう要《い》らないんですか？」

「ふむ、……俺はもういい。」

それきり天狗は黙り込み、なくなりかけた漬物の皿の底をつついている。

サナエはそっと身じまいをして下がって行った。その後ろ姿は、爽《さわ》やかで凛《りん》としていた。


次の年、天狗が平右衛門の家に来るようになって七年目のことである。その年、天狗がやって来てから数日後の夕方——。

元次は畑仕事を終えて、近所の庄作・五助と一緒に山麓の道を帰っていた。陽《ひ》はもう山の端《は》に隠れて冷たい風が吹きつけるので、三人とも、鍬《くわ》をかついで早足で家に向かっていた。その先の角を曲がれば家が見えるという辺りまで来て、元次はふと、自分の名前を呼ばれたような気がして立ち止まった。

しばらく聞き耳を立てていても何も聞こえない。空耳だったかなと思っていたところ、目の前の、道に大きく突き出した岩の陰から、大男がふらりと姿を現した。

その大男の鋭い視線に射《い》すくめられたように、元次はおぼつかない足取りで男のそばに近づいて行った。

少し先に行っていた庄作と五助が振り返ってみると、ちょうど元次が、大男に背を抱え込まれるようにして、岩の向こうへ消えていくところだった。

この辺りであんな風体《ふうてい》の者といえば、噂に聞く天狗しかいないはずだ。前に元次は、畑で天狗と取っ組み合いの喧嘩をしたそうだが、大丈夫かな、少し待っていてやろうと思って、二人はしばらく道端に佇んでいた。

ところが、いつまで待っても元次は戻ってこないし、岩の向こうに人のいるらしい気配もない。その姿の消し方に何となく不自然さを感じた二人は、道の端まで茂り寄せている笹藪《ささやぶ》の中へ、恐る恐る足を踏み入れた。

下草を分けてしばらく進むと、低い唸《うな》り声が聞こえてきた。怖いもの見たさに、なおも二人は、その不気味な物音のする方へと進んでいった。

夕闇が深まる中、木立の一角が空き地になっていて、その片隅に、こちらに背を向けてうごめいているものがある。何かの近づいてくる気配を察したのか、そのものが急にぐんと背を伸ばしてこちらを振り向いた。瞬間、二人は言葉にならない悲鳴をあげてどっと後ずさりした。

それは、人間とは思えない巨大な黒いもので――二人はただそう言うだけだった――、目をいからせて迫ってくる。

二人は、元次のことも忘れて、必死でその場から逃げ出した。

元次が戻ってこないことを知った村人たちは、すぐに探索に出かけた。しかし、見つかったのは、怪物がうずくまっていたという空き地の隅、繁茂したシダ草の中に打ち捨てられた鍬だけだった。

しかもその鍬は、柄が根元から折れ、先の金具がぐにゃりと曲がっていて、おそろしく強い力が加えられたことを示していた。

元次はそのまま帰ってこなかった。

噂はその夜から二、三日のうちに、近在の村々にまで広まっていった。——元次は頭から足の先まで丸ごと鬼に食われてしまった。血の一滴まで吸い取られた。元次を食ったのは、平右衛門旦那の所に来ている天狗に違いない。天狗は鬼になってしまったのだ、鬼の本性を現したのだと。

噂の中で、いつかその怪物の姿について、身の丈は普通の人間の倍近くはあったこと、身に付けているものといっては、汚いフンドシだけだった。朽木《くちき》の皮のように黒ずんだ皮膚は、血のりを浴びてぬらりと光り、ざんばらの頭髪が肩までかかっていた。カッと見開いた目は暗緑色に濁っており、めくれ上がった唇からは、光る牙までのぞいていたというようなことが、恐ろしげに語り広められていった。

独り歩きを始めたこうした噂に接して、庄作・五助も、自分たちが見たのは確かにそのようなものだったと、まだ恐怖のさめやらぬ面持ちで証言した。

噂の広まった頃からずっと、サナエは毎日、天狗の酒食の準備をして待っていたが、再び天狗がこの家に姿を現すことはなかった。厳しい顔つきのサナエの様子を、平右衛門は、心を傷《いた》めながら見つめていた。

そんな日が幾日も続いたのち、とうとうサナエは、家の者には黙って正太郎池に出かけた。そこなら天狗に会えるような気がしたのである。

何かが始まっている、ということに、平右衛門もサナエも気付いていた。天狗や地神を取り込もうとする妖鬼らの力に、天狗たちはじわじわと侵《おか》されつつあるのではないか……。

年の暮れの押し迫ったその日は、明け方から雪が降りしきり、庭の木立は白銀に覆われていた。今その雪もやんで、きらきらと朝日を受けて光っている。

下働きのお里が縁《えん》に吹き込んだ雪を払っていると、柴垣《しばがき》の戸をギイときしませて、異様に太った男が駆け込んできた。額に汗をにじませ、よたよたとした足取りだ。

「天狗はおるか。天狗を早う呼んでくれ。」

体に似合わぬ甲高《かんだか》い声でそう叫んで、お里につかみかかりそうな勢いである。

「あの、天狗さんは十日ほども前にお見えになったのですが、すぐに出かけて、まだ戻っておられません。あなたは……。」

「俺は地神だ。足高山の地神じゃよ。天狗は戻っておらんのだな。では家の者に、正太郎池には決して近づくなと言《ゆ》うておけ！」

と、あわただしく告げおいて、太った体を地に引きずるようにくねらせながら、地神は再び銀世界の中へ消えていった。


サナエは正太郎池にいた。

無性《むしょう》に天狗のそばにいたかった。今年、家に来てもたった一日しか泊まらず、ずっと姿を見せないのは、きっとどこかで、天狗さんの身に何かが起こったのだろう、そうだとすればその場所は、ここ正太郎池に違いないと思ったのである。

サナエは、白日夢の中にいた。

正太郎池の水面が、風もないのに波立っている。森の奥にある方々《ほうぼう》の池沼《ちしょう》から、その汚泥の底から湧き上がってきたものたちが、今ここに続々と寄り集まってきている。

パタパタと鳥の羽ばたきのような音が聞こえる。爪で木の幹を掻《か》くような不快な音も聞こえてくる。

ひんやりとした触手が肌を這い、鉤針《かぎばり》のような指先が衣服を引き裂こうとする。天狗に掛けてもらった首飾りを引きちぎろうとするものの手がある。

草色の目をして飛び交うものたちが姿を現し、木の根のように筋ばった脚が、これみよがしに地を踏み鳴らす様子までが見えてきた。池の上を、岸辺の木立から木立へと不気味に髪振り乱して飛ぶ首が、時折激しく、歯をむき出して面前に迫ってくる。

湧き上がってきたものたちは、褐色の手で思い思いにサナエの衣を引きちぎり、やがてその裸身を陽光の下にさらした。

天狗にもらった首飾りだけが、襲いかかる悪意を拒絶するようにきらめいている。

いらだつ声が、

「誰か、早う小娘の首輪をむしり取れ。」

と命じていた。

ざわめきが次第に高まり、サナエの髪を引き、肌を傷つけ抉《えぐ》ろうとするものも現れてきた。サナエは立っていることができず、頽《くずお》れた。

その時、それらのものたちの背後に、ささくれだった顔の男が一人近寄っていた。どんよりと濁った瞳が不気味である。ひしめいていたものたちの間に緊張が走り、男に道を譲ってさっと四方に飛び散った。

「お前の与えた首輪じゃ。早う取り戻せ！　そうすれば女は貴様にくれてやる。それが貴様の願いであろう。早うせい！　あれを取り払わねば、わしらの目が痛いわ！」

もう一度、頭《かしら》だつものの叫びが響いた。

男はサナエの方にゆっくりと近づいてきた。しばらくサナエを見下ろしていた男は、自分の着ていた薄茶色の織物を、サナエの、痛々しいほどに露出した白い腕《ただむき》の上に、はらりと投げかけた。見守っていたものたちの間にどよめきが涌《わ》いた。

「天狗めが、裏切ったぞ！　もはや我らの一族に取り込んだと思うていたが、あのような姿になっても、まだ小娘を救おうとする心が残っていたとはな。」

という声が、ひしめくものたちの間に満ちた。

「許せぬぞ！　きゃつを食い殺せ！　裏切り者を引き裂いてしまえ！　そうして早く、小娘の目障りな首輪をむしり取れ！」

命令するものの声が、ますますいらだってきた。

天狗は今、先ほどまで濁っていた瞳に光を宿し、漆黒となった体で彼らの前に立ちはだかっていた。

しばらく前に正太郎池に来て、木陰からこの様子を見ていた地神は、天狗が自らの衣をサナエに投げかけた時、思わず垂れた瞼《まぶた》を手で押し上げた。

「天狗め、本気で小娘を守る気か。」

そうつぶやいて地神は、せわしなく身支度を始めた。袖口のくくり紐をきつく締め、指貫《さしぬき》ふうの衣服の裾《すそ》をふくらはぎの辺りまでたくし上げた。

さらに胸元から、如意棒のように伸縮する錫杖《しゃくじょう》を取り出し、一振りしごいて、ためらいもなく一気に、ざわめくものたちの方へと駆け出して行った。

アウム・アウムと天空地の神霊を集める呪《じゅ》を唱え、必死の形相で突進した。

天狗とサナエにばかり気を取られていたものたちの間に、一瞬とまどいが広がった。しかし彼らは、すぐに攻撃の矛先を転じて、地神がまだ半ばも進まないうちに、激しくその頭上に密集した。

錫杖が宙に飛び、地神の巨体がぐらりと揺らいだと見る間もなく、ひとしきりピチャピチャ・ガリガリという音がして、静まった時には、地神の体は跡形もなくなっていた。


勝ち誇ったものたちの声が轟《とどろ》いた。

「身の程知らずめが！　そうれ、そうれ、その勢いで、この半端《はんぱ》天狗めを食い散らせ！」

襲撃はすぐに再開された。

憤怒の形相をしたものたちが激しく天狗とサナエの周りを跳びはね、飛び回り、吼《ほ》えたてる。大胆に跳びかかってくるものもいる。そのたびに傷つきながら、天狗はサナエのそばを離れなかった。

「しぶといやつ！　どうやら補陀落の上座天狗が、我らの出現を見越して、このはぐれ天狗めの魂に何か仕掛けを施したらしい。ええい、ひとまず引けえ！」

ひしめくものたちの輪が、さっと解かれた。その輪の下から現れた天狗は今、怒りに目を血走らせ、口からは断続的に獣の唸《うな》りを漏らしている。牙を剝《む》き、指先から鋭い鉤爪《かぎづめ》を突き出している。

もはや異界のものたちの姿と変わらない。

「仙樹《せんじゅ》を呼べぇ！　池の底でも、まだ朽ち果ててはおるまい。早う仙樹を呼べぇ！」

命令する声が重く森の空間にこだました。

やがて、池の中央部が大きく波立ち、そこから幾本もの柳の枝のように撓《しな》るものが現れてきた。その触手じみたものをゆっくりと伸縮させながら、それは次第に岸に近づいてくる。撓る部分の元の方は、太く、鋼《はがね》のように頑丈そうだ。

岸に這い上がり全身を現したその姿は、仲間であるはずのものたちからさえも、吐息が漏れるほどの異形《いぎょう》だった。

くねくねと動きやまない長短無数の触手が四方に伸びて、大樹の古株のようにごつごつとした円形の胴体を支えている。

その全身が、暗緑色の苔《こけ》とぬめる水垢《みずあか》に覆われている。胴体の中央には、限りなく深い洞穴《ほらあな》のように、小さな、二つのぽっちりとしたものが開いている。それが、目なのか鼻なのか、口なのか耳なのかもわからない。

「仙樹だぁ！　仙樹が来たぞぉ……。」

と、ひしめくものたちがどよめいた。仙樹はしばらくは進む方向もわからぬふうに、まるで千鳥足のように岸辺をふらふらしているばかりだった。

重い声が発せられた。

「誰かあ、わしの手を引いてくれえ。どちらへ進めばよいのか、教えてくれえ。闇の底に長く居《お》りすぎて、こう光の中にいきなり出ると、目がくらんで何も見えぬのじゃあ……。」

再びどっと、ひしめくものたちの間に喚声が起こった。まるでそのような仙樹の存在そのものを称《たた》えるように。

さまざまの枯枝のような手が差し延べられ、それらに導かれて仙樹は、ゆっくりと天狗とサナエの方へ近寄って行った。

二人の間近まで来ると、導いていた手はさっと引かれた。仙樹の腕だけが音も無く不気味にくねり続けている。

「気にくわぬものがここにある。皆もそう思うているのじゃな。それでわしを呼んだのであろう。では取り払うぞ。そうれ、そうれ！」

太い触手が激しく宙に躍り、数本が天狗の体にまとわりついた。他の数本がサナエの衣を払いのけ、首の玉を四方に跳ね散らした。

その瞬間、天狗の鉤爪がきらめいて、襲いかかる仙樹の腕の幾本かを切り落とした。仙樹はどっと後ずさりした。三たび、魔衆たちの間からどよめきが起こった。

「仙樹が敗れたぞ！　仙樹が敗れたぞ！」

混乱の中から、引け引けと命令する声がこだまして、憎しみと怒りの言葉を吐き散らしながら、ぞよめきは森の奥へ奥へと去って行った。仙樹は、残りの触手で力なく地を這いながら池に戻って行った。

天狗の姿も、魔衆たちの行動と軌を一《いつ》にするようにいつかその場から消えていた。

サナエだけが、そのまま池のほとりに倒れていた。

これらのことは、どこまでが夢でどこまでが現実なのか、サナエ自身にもよくわからないことだった。

サナエは薄れていく意識の中で、自分を傷つけようとするものたちの前に、漆黒で巨大な何かが立ちはだかっているところまでは覚えていた。

そして、はっきりとした意識を取り戻した時、見覚えのある天狗の衣が体にかけられており、首飾りは辺りの叢《くさむら》に散らばっていた。サナエはそれらを丁寧に拾い集めて、よろめきながら池を離れた。

それから後、誰も天狗の姿を見た者はいない。サナエは毎年、天狗が現れそうな時期になると、遠くを見渡せる田の畦《あぜ》に出て、じっと立ち尽くしていることが多かった。

天狗が姿を見せなくなってから三年ほどして、サナエは縁を勧められるままに山向こうの村へ嫁に行き、幾月かの後、ふとした病《やまい》がもとで亡くなった。

どういう形にせよ、サナエに先立たれるなど、考えたこともなかった平右衛門たちは、その死のあまりのあっけなさに、瞬時、悲しみを覚えることさえできなかった。

嫁ぎ先にまでサナエが肌身離さず持って行った首飾りは、葬儀の混雑に紛れて、失われた。平右衛門は、娘の大事な形見の品だからと必死に求めてみたが、それはまるでサナエ自身が死出の旅路に携えて行ったかのように、とうとう、ただの一珠も見つけることができなかった。

ともあれ、平右衛門たち家族の者にとって、天狗の思い出は、サナエのはかない生涯の中で、最も幸せな時期に重なり合うことだったので、忘れがたく、心に深く刻み込まれた。

サナエはきっと、あの首飾りを身に付けて、補陀落の観音浄土とやらへ行き、今ごろまた、優しく天狗と向かい合っているに違いないと思われるのだった。

そのように想像し、信じることで、平右衛門たちの寂しい心も、少しは慰められた。

（了）

〈参考文献〉
柳田国男『遠野物語』90（数字は話の番号）（角川文庫）
　『遠野物語拾遺』98〜１００（数字は話の番号）（角川文庫）
『古事記』上巻・下巻

白蔵主《はくぞうす》の狐《きつね》

南北朝の頃、泉州堺《さかい》のある寺に、三匹の狐を飼う白蔵主《はくぞうす》という僧がいた。

草原の端に、僧形《そうぎょう》のものが佇《たたず》んでいる。これ以上進むかどうか、ためらっているようだ。やがてそのものは、意を決したふうに、夜の深まる薄《すすき》の原を渡り始めた。

手にした杖で、密生した薄の群れをなぎ払い、獣のように素早く進んでいく。しろがねの穂が、広野《ひろの》を吹き渡る風の流れに逆らうように、激しく左右に躍っていた。

僧は、時折立ち止まって、目深《まぶか》にかぶった沙門《しゃもん》頭巾の端をかき上げ、ここに薄と風としかないことを確かめているようだった。

幾筋もの皺《しわ》を刻んだ風貌の中で、目だけが、けものめいて光っていた。

数瞬の後、僧の姿は、村はずれの一軒家の前に現れた。

家の中からは、明かり一つ漏れてこず、茅葺《かやぶ》きの屋根の輪郭が、淡《あわ》い月光に浮き出ている。

いつ始まったかわからないほど小さく戸を打っていた音が次第に高まり、喜平は、浅い眠りから呼び戻された。

今日は、昼前に薄の原に出かけて狐釣りの罠《わな》を仕掛けてきた。夕方には妻子と共に村の社《やしろ》の祭礼に行き、夜《よ》もさほど更けぬ頃に帰ってきた。妻子はそのまま社近くの親戚の家に預けてきたので、疲れと独り身になった徒然《つれづれ》とから、早めに寝所に入っていた。

捨て罠の仕掛けは首尾よく働くだろうか、罠の位置はあの辺りでよかったろうかなど考えながら、うとうとし始めていたところである。

喜平は、不機嫌な表情を隠そうともせず、起き出してきた。戸を少し開けて手燭《てしょく》を掲げると、見知った僧の姿がある。

喜平「これは伯父どのっ。」
と顔色を改めて言うより先に、そのものは、

白蔵主「そうじゃ、愚僧じゃ。」
と、ひょいと中に踏み込んできた。そして、怒りに声を震わせ、

白蔵主「今日はそなたに、改めて物申したいことがあってな、こう、夜道をいとわず参ったのじゃ。」
と顔を突き合わせるほど間近に迫ってくる。

喜平「はて……。まず、何はともあれ通ってくだされ。このようにむさい所で立ったまま話もできませぬ。茶でも入れまする。」

白蔵主「いや、ここでよい。ただ一言《ひとこと》物申したいだけじゃからな。それを申してすぐ帰る。」

喜平「しかし、夜道を遠くから参られたものを、お疲れでございましょう。ではまず、板間の端へなりとお座りくだされ。」

白蔵主「よいよい、そのようなことに構わずともよいのじゃ。真にわしの体を気遣うなら、これから物申すわしの言葉に構《かも》うてくれい。そうすれば、身も心も安まろうからの。人への気遣いとは、そのようにするものじゃ。茶を飲めとか座れとか、きれいごとだけでごまかせるものではないのじゃわい。」

いきなりから、妙な雲行きである。

喜平「どうも、手前へのご不審のようですが、何のことでございましょう。」

伯父の白蔵主は、このところ病気がちと聞いていた。近々《ちかぢか》見舞いに行こうと思っていたところである。それが急に、しかもこんな夜中に姿を見せたので、喜平にはまずそのことが何よりも奇異に感じられた。

病でない折でも、なかなか山寺から下りてこようとはしない白蔵主である。喜平は、どんな一大事が起こったのかと思った。

よく見ると、その姿・形は、揺らめく火影《ほかげ》のせいなのか、どこか異様である。物に憑《つ》かれたような気配が、ひしひしと伝わってくる。

身なりは僧形だが、顔は次第に獣面に近いものになろうとしている。
見るほどに、獣面人身の気配が増してくる。
そんな喜平の気持ちを察したのか、白蔵主は、いらだたしげに声を震わせた。
白蔵主「そなた、このごろまた一段と狐釣りに精出しておるそうじゃの。物申したいというのはそのことじゃ。」
喜平「いいえ、精出すなどと滅相《めっそう》もない。ただ、なりわいの上で窮した折などに、ほんの一、二匹ずつ釣っております。人に頼まれて、よんどころない釣りを致すこともございます。それくらいのことでございます。」
白蔵主「それ、その狐釣りをなりわいに用いるというのが、精出しておるということじゃ。それでは後世《ごせ》が良《よ》うないぞ。狐どもの恨みを買《こ》うて、おのが現身《うつしみ》にも良うないのじゃぞ。いいや、それくらいのことなどと言うが、釣られる狐の身にもなってみよ。やはりそなた、わしがこれまで言い聞かせてきたことを、未《いま》だ少しも心得ておらぬと見える。」
喜平「よう心得ております。伯父どののお言葉は、しかと心に留《とど》めております。殺生《せっしょう》は仏の戒め給うた第一の罪じゃと言われるほどに、我ながら不本意ななりわいと思うておりますが、なにぶん、こうせねば当面の暮らしが立っていきませぬでな。その辺のことも、お察しいただきたい。」
喜平は少し口調を荒くしたが、やはりとまどいを隠せない。

白蔵主「ふむ。であるからそのなりわいを改めよと、もう耳が腐るほど言い含めてきたではないか。どこぞの住持に頼んで寺男にでもしてくれよう、家族ぐるみ引き取らせようとまで申し聞かせるものを、そのたびにのらりくらりと言い逃れする。そなた、もしやして、心から殺生を好いた人間なのではあるまいな?」

喜平「恐ろしいことをおっしゃいますな。そのような極悪人ではございませぬ。ですが、前にその話が出た折にも申しましたとおり、寺はやはり、手前の性《しょう》に合いませぬ。法事の折など、なぜか、他の者以上に寂しい心地がいたしましてな。その寂しさを、よう我慢いたしませぬ。お許しくだされ。」

白蔵主「年寄りが、これこのように足を痛めて出向いてきて、これほど言うても聞けぬのか。」

そう言いながら白蔵主は、片足ずつ交互に、ぶらぶらと揺すってみせた。

喜平は次第に薄気味悪くなってきた。

白蔵主のいつにない強い物腰《ものごし》が、かえって不審をかきたてる。くねくねと揺れる足も、妙な曲がり方をしていて不気味である。

そこまで考えて、疑念が確信に変わった。

これは伯父どの本人ではない。伯父どののもとに飼われる、噂の霊狐に違いない……。

今夜は妻子を置いてきて良かった、と思った。妻子を愛《め》でる喜平の気持ちは、白蔵主も十分に知っている。今宵の話の成り行きによっては、そちらへどんなとばっちりが行くかわからない。

喜平「今宵《こよい》の伯父どのは、ずいぶんはっきりとした物言いをなさる。その足も、ほんに骨無しになったような。……ともあれ、どうぞ内へ通られて、ゆるりと茶でもすすりながら、手前の話も聞いてくだされ。」

白蔵主「無用じゃ、無用じゃ！　そのようなことは無用にせい！　先ほどから何度も言うておるとおり、のんびりと茶をすすりながらするような軽い話ではないのじゃわい。」

言いながら、今度は急に、怒りに耐えかねたように跳ね上がった。杖を固く握りしめ、土間の土を蹴り上げるほどの激しさである。

やがて、怒りの発作がおさまると、ふっと静まり、板の間の上がり框《がまち》に近づいて、今度は前後左右に体を揺すり始めた。

小腰をかがめ両手をついて、顔だけぐんと前に突き出している。もはや、人の動きとも思えない。

白蔵主「くさい！　くさいな。家《や》の中いっぱいに狐のにおいが渦巻いておる。この家《いえ》には、もはや狐どもの恨みが深くしみついておるぞ。」

喜平「伯父どの、落ち着いてくだされい。落ち着いて、茶でも召し上がらぬか。」

白蔵主「まだそのようなことを！　上面《うわつら》の、押しつけがましい親切はいらぬ。そのような取り繕《つくろ》いよりも、そなたの殺生好きの心底を変えてくれと頼んでおるのじゃ。狐はな、執念深きものであるから、こうしたことを続けておると、妻子にまで祟《たた》りが及ぶぞ。」

そう言って白蔵主は、杖をごろんと土間に投げ捨て、ひょいと板の間に跳び上がった。

そして、くんくんと部屋の隅々までかぎ回り始めた。

その様子を食い入るように見つめながら、喜平の押し殺した声が響く。

喜平「御悩《ごのう》とうかがっておりましたが、もはやすっかり良《よ》うなられましたのか。見舞いにも参らず、申し訳ないことでした。」

白蔵主「大方、狐釣りに忙しかったのであろう。」

喜平「ほんに、あの薄の原を、よう渡ってこられましたなあ。さぞ難儀でございましたろう。」

白蔵主「さほどでもなかったわ。」

喜平「夜になれば、物《もの》の怪《け》めいたものも出て参りましょう。薄気味悪うございましたろう。」

白蔵主「難儀はなかったと言うておる。浮かぬ顔をして、奥歯にもののはさまったようなその物言いは、さてはそなた、わしが今宵《こよい》こうして来たことを、迷惑に思うておるのじゃな。」

郵 便 は が き

料金受取人払郵便

新宿局承認

2524

差出有効期間
2025年3月
31日まで
(切手不要)

1 6 0-8 7 9 1

141

東京都新宿区新宿1－10－1

(株)文芸社

愛読者カード係 行

ふりがな お名前		明治 大正 昭和 平成	年生 歳
ふりがな ご住所	□□□-□□□□		性別 男・女
お電話 番 号	(書籍ご注文の際に必要です)	ご職業	
E-mail			
ご購読雑誌(複数可)		ご購読新聞	新聞

最近読んでおもしろかった本や今後、とりあげてほしいテーマをお教えください。

ご自分の研究成果や経験、お考え等を出版してみたいというお気持ちはありますか。

ある　ない　内容・テーマ(　)

現在完成した作品をお持ちですか。

ある　ない　ジャンル・原稿量(　)

書　名				
お買上 書　店	都道 府県	市区 郡	書店名	書店
			ご購入日	年　月　日

本書をどこでお知りになりましたか?

1.書店店頭　2.知人にすすめられて　3.インターネット(サイト名　　　)

4.DMハガキ　5.広告、記事を見て(新聞、雑誌名　　　)

上の質問に関連して、ご購入の決め手となったのは?

1.タイトル　2.著者　3.内容　4.カバーデザイン　5.帯

その他ご自由にお書きください。

(　　　)

本書についてのご意見、ご感想をお聞かせください。

①内容について

②カバー、タイトル、帯について

弊社Webサイトからもご意見、ご感想をお寄せいただけます。

ご協力ありがとうございました。

※お寄せいただいたご意見、ご感想は新聞広告等で匿名にて使わせていただくことがあります。

※お客様の個人情報は、小社からの連絡のみに使用します。社外に提供することは一切ありません。

■書籍のご注文は、お近くの書店または、ブックサービス(0120-29-9625)、セブンネットショッピング(http://7net.omni7.jp/)にお申し込み下さい。

喜平「滅相もない。元気なお姿を見てうれしゅう思うております。ですがどうも、日ごろの伯父どのに似合わぬ御様子で……。いささか合点《がてん》が参りませぬ。」
白蔵主「それは当然のこと。狐釣りの罪障深さをそなたに思い知らせようという執心が、わしにこのような振る舞いをさせておる。ほんに、わが執心までも呼び起こすとは憎いやつ。この年になって、そなたのせいで身の安楽往生もならぬのじゃ。オウオウ、こうして調べてみると、やはり部屋いっぱいに狐の怨念《おんねん》が立ち込めておる。そなた、よほど多くの狐を釣り上げたな。」
喜平「さほどのことはございませぬ。ですが伯父どの、狐めらの怨念は、まことにそう恐ろしいものでござるか。どうも手前には良うわかりませぬ。聞かせてくだされ。」
そう言われると白蔵主は、かぎ回るのをやめて、すっと喜平のそばに戻ってきた。板の間の端で、二人は膝つき合わせて向かい合った。脇に置いた手燭の明かりが、二人の影を大きく土間いっぱいに揺らめかせている。
白蔵主「狐というものはの……。」
白蔵主が、静かに語り始めた。
白蔵主「何事につけ、仇《あだ》をすれば仇を返す、恩を与えればそれに報いると言われておる。」
喜平「それは狐に限らず、人も同じようなものでございましょう。」

白蔵主「いいや、そのようなことについての狐の思いは、人と比べてことのほか強い。それも『命』のこととなるとな、あのものたちは決して忘れぬ。」

喜平「伯父どののお手元に飼う狐もそのようでござるか？」

白蔵主「ふむ、あれらはいつの間にか我が寺のほとりに棲《す》みついた野狐《やこ》の類《たぐい》じゃが、そのとおり、違《たが》わぬぞ。今あのものたちは、経文の功徳を知るばかりでなく、折に触れては吉凶を告げ、賊を追う。三狐そろうて見事な霊性を備えおおせたわい。じゃがな、未《いま》だ野狐の本性《ほんしょう》を残しておるから、殺生などの仇《あだ》をすれば、それを返すこと必定《ひつじょう》じゃ。」

喜平「それは恐ろしい。あのものたちの中には、確か、ずいぶん年老いたのもおりましたが、それがやはりいちばん恐ろしゅうござるか。」

白蔵主「もとより狐は、老いるほどに恐ろしゅうなる。我らが考える以上に理非にこだわる。」

喜平「聞けば、伯父どのの身の回りの世話まで致すようになったとか。」

白蔵主「そのようにして、与えられた恩に報いようとな……。かわいいやつじゃったが。」

ふと白蔵主が顔を伏せた。

喜平「どうなさいました？　あのものたちは、変わらず元気でおりますのでしょうな。」

白蔵主「いちばん若いキチが不運に遭うた。弱り果てて帰ってきて、亡くなった。そなたの罠に仕掛けられた毒餌《どくえ》を食ろうてな。最後には血へどを吐いて亡《の》うなった。」

喜平「やァ、それは存じませなんだ。」

――そう言えば、破られるはずのない罠が、先日さんざんに打ちこわされていた。普通の狐にはできぬことと思われたが、やはり、噂の霊狐の仕業《しわざ》であったのか。

喜平「あのものたちが、手前の罠の近くにまで来ていようとは、思いもかけませなんだ。キチのことは、これ、こうして謝ります。」

喜平は素直に頭を下げた。

白蔵主「どう謝ってもろうても、もはやキチは帰って来ぬ。見えすいたしぐさはいらぬ。その口でなぜ、今この場で、狐釣りをやめるときっぱり言えぬのじゃ。」

喜平「それは、いきなりそう強くおっしゃられても、困りまする。」

白蔵主「それ、そのようにして、いつまでも言い逃れるつもりじゃな。いきなりではない。前々から言うておることではないか。」

白蔵主の顔が、喜平の間近に迫っていた。手燭の火が目の中に映って、ちろちろと狐火のように燃えている。

それはもう、伯父の白蔵主ではなく、明らかに獣面のものである。伯父の中で、狐の言い分と喜平の言い分に引き裂かれた心が、このような変異――獣面人身――を生んだのか。

喜平にも、伯父の苦悩の一部はわかるような気がした。

喜平「そう怖い顔をなさいますな。キチはほんにかわいそうなことをいたしました。ですが、キチの恨みは、まだこちらに及んでおらぬようで。本当に仇《あだ》を返して参りましょうかな。妻子の身にまで不運が起こりましょうかな？」

白蔵主「知れたことじゃ。あれほどの霊狐になれば、仇を受けて、それを戻さぬということはない。そなたが心を入れ替えず、キチの死を知ってなお、わしの説得を受け容《い》れなければ、すぐにも仇は戻ってくる……。」

喜平「その仇が妻子にまで及ぶというのが、いささか合点《がてん》が参りませぬ。罠は手前が仕掛けたもの。妻子にどうして仇が及ぶのか……。」

白蔵主「仇はの、関わる眷属《けんぞく》すべてに及ぶのじゃ。」

激して語る白蔵主の口から、いつの間にかフッフッと生ぐさい息が漏れている。

喜平「何やら急に、また一段と狐くそうなった。伯父どの、狐くそうござるな。」

白蔵主の生ぐさい吐息から逃れるように、喜平は後ずさりしながら言った。その声も、次第に厳しさを増してきた。

白蔵主「それは、そなたの捕らえた狐の骸《むくろ》が、この家《や》のどこかに積まれておるからであろう。狐くささはそのせいに違いない。それ、その骸を早う出して見せい。」

喜平「そんなものはありませぬぞ。だが狐くそうござる。」

白蔵主「ふうむ、そなた、どこまでもシラを切り通すつもりじゃな。では、わしが探そう。探し出して弔《とむろ》うて進ぜよう、なんと、かわいそうなものたちよ！」
甲高《かんだか》くそう叫んで、白蔵主は、祈りとも身悶《みもだ》えともつかぬふうに、衣の袂《たもと》を激しく擦り合わせた。
喜平「そんなものなどござりませぬ。ござらんが、やはり狐くそうござる。」
白蔵主「ならば、そなたの身にしみついたにおいであろう。恐ろしや、恐ろしや。」
喜平「いいや、今日は特に狐くさい。くそうてたまらぬ。こうプンプンとにおうてくるのは、奇怪なこと……。」
白蔵主「そなたのにおい、この家《や》のにおいじゃ。」
喜平「いいや、伯父どののにおいのように思えまする。」
はっとして、二人は改めて顔を見合わせた。
さすがに喜平は、少しばつが悪そうに目を伏せて、つぶやくように言い添えた。
喜平「もちろん、伯父どのは狐と共に暮らす身じゃから、それも不思議はありませぬがな。」
束《つか》の間の沈黙。
白蔵主「何とでも言うがよい。じゃが今日はな、きっとこの家《や》の穢《けが》れを払い、狐らの骸《むくろ》を弔《とむろ》うて、罠の具のすべてをもろうて行こうと思うてきた。よいな、異存はあるまいな。」

強引にそう一人で決めて、白蔵主はずかずかと奥の間《ま》へ踏み込んで行った。

喜平が再び、意を決した面持ちで、その後ろ姿に呼びかけた。

喜平「お前さまは、もしかして、己《おの》が身かわいさから、ただそれだけの思いで、難儀な薄の原を渡って来たのではないのか。」

振り返った白蔵主の目が、暗がりの中で異様な輝きを増している。

白蔵主「それは、わしを狐の同類・化身《けしん》と見ての言葉か？　狐のわしが、まっとうな仏の道など説くように見せかけながら、その実、ただ生き延びたい一心で、そなたを説得するために来たというのじゃな。」

喜平「いいえ、そこまでしかとは申しませぬ。伯父どのにそこまでのことは申せませぬが……。ただ、最前から異《い》な風《ふう》が目につきますので、少うし心が乱れました。許してくだされい。まず、そう気になさらずに、骸《むくろ》なり罠なり、ゆるりと探してくだされ。首尾よく見つかれば持ち帰っていただいて結構じゃ。」

白蔵主「よいよい、言い訳はもはや無用じゃ。そなたの考えておることはようわかった。どこまでも、素直になれぬ男よの。わしはな、もはやわが身のことはどうでもよいと思うておる。哀れな生類《しょうるい》のことを思い、そなたの身のありようを案じて諫《いさ》めをするのに、それをわかってもらえぬとは情けない。わが口から放たれた言葉は、そのまま仏の教えと心得よ。誰の口から放たれようと、放たれた言葉をありのままに受け止めよ。このわしを、狐の化身と思わば、それもよい。じゃがな、狐の言うことだから聞けぬという考えは良うないぞ。そなた、言葉そのものの中身より、わしが真実伯父の白蔵主か、狐の化身かということにのみ心を悩ましているのであろう。そのことを頼りに言葉の中身を判別しようとしておる。それが良うないことなのじゃ。」

言い捨てて、白蔵主は奥の部屋へ姿を消した。喜平はしかし、白蔵主から何と言われようと、やはりこの伯父坊主の正体を見極めたいと思っていた。

いかに上手に言いくるめようとしても、しょせん狐は狐の立場からしか物言わぬはず、それを仏の言葉と思えとは笑止なことじゃ。よしや正真《しょうしん》伯父どのの言葉としても、このごろ耄碌《もうろく》されたでな。昔はあのように激しい物言いをされなんだ。

何事をも思い詰めて考え過ぎるようになってこられたから、ほどほどの気持ちで聞いておけばよさそうじゃ。いずれにしても、正体を見極めるのが先決じゃて。

罠は幸い今日、薄の原にすべて掛け置いたから、もはや家中に見つかるはずがない。

それにしてもあの狐めは——あれは伯父どのではない、狐に違いない。いくら化けても匂いまでは消せなんだ——、あれほどに仕掛けた罠をくぐって、よくもここまでたどり着いた。さすが伯父どの自慢の霊狐じゃわい。経文の功徳というのはこういうことか……。

キチが死んだというから、今来ておるのは、サチというたかなジンというたかな、残った二匹のうちの片割れであろう。キチの死がよほど悔《くや》しゅうて、狐の分際《ぶんざい》でわしを説教しに出て来たのであろう。さすが霊狐じゃ大したものじゃと誉《ほ》めてやりたい気もするが、伯父どのの姿をもってわしをたぶらかそうとする、その性根が気にくわぬ。

片道の罠はよう切り抜けたが、なに、あれほどの数の捨て罠を、行きも帰りも首尾よくやり過ごすということは考えられぬ。帰りにはきっと掛かるであろう。狐めとわかっても、ここはひとまずおとなしく送り出し、あとの首尾を見るとしょう。

板の間の端に座って、喜平はこんなことを考えていた。

その時、後ろにふと気配がして振り向くと、狐が一匹うずくまっている。

喜平「やァ、はや正体を現したか！」

喜平が叫ぶと同時に、クァーイと甲高い声をあげて、狐がダッと跳びかかってきた。不意をつかれた喜平は、仰向けになって土間に転がり落ちた。喜平の喉に取り付いた狐は歯を剝《む》き出し、怒りの形相で襲いかかる。

白蔵主「そうれ、怨念《おんねん》じゃぞ、恐ろしいぞよ！　言うたであろう、すぐにも仇《あだ》は戻ってくると。そなた、本気で聞いておらなんだな。」

牙と爪が、激しく宙に躍っていた。その攻撃を必死にかいくぐった喜平は、四つ這いのまま土間の隅に転がり込み、壁に立て掛けてあった鎌を手にして身構えた。

狐は、それ以上攻撃を仕掛けてこなかった。稲荷《いなり》社の門前の像のように、静かに座っていたかと思うと、やがて、するりと皮だけが滑り落ちて、下から白蔵主の姿が現れた。
それでも喜平は、怒りがおさまらず、鎌を振り上げた手を緩めない。

白蔵主は、息を乱した様子もなく、じっと喜平を見据えている。そして、ゆっくりと狐の皮を喜平に示しながら言った。

白蔵主「これが、裏の物置にあった。今宵はこれを弔《とむろ》うて進ぜよう。」

白蔵主の物静かさとは対照的に、喜平の怒りは鎮《しず》まらない。

喜平「それよりも、今の振る舞いは何事でござる！」

白蔵主「狐の身になりかわって、脅《おど》してみたのじゃ。そなたの性根が直らぬから、脅してみた。」

喜平「危うく御身《おみ》に鎌を突き立てるところでありましたぞ。戯《たわむ》れごとはほどほどになされい。」

白蔵主「戯れでしたことではないぞ。まこと狐の心になって襲うたのじゃ。」

喜平「では、この鎌を身に受ける覚悟であったのか？」

白蔵主「そこまでは考えておらなんだがな。あのようにして、狐の心のありようを教えようと思うたまでじゃ。驚かせたなら謝ろう。ただ、あの瞬間は、本気でそなたを襲うていた。」

喜平「そんな……。」

白蔵主「そう怖い顔をするものではない。危ないからその鎌を早う捨てて、線香を持て。仏具を持てきてくれい。この骸《むくろ》を弔《とむろ》うてやらねばならぬ。」

喜平「弔うのは、おのれのためか？」

白蔵主「弔うのは、狐の怨念のしみついたこの家《や》のため、そのような家《いえ》にしたそなたのため、そしてこう無残な姿になった狐のため、またそのようなものを見たわしのためである。誰のためなぞと決めずともよいのじゃ。ただ哀れなものを見ては、それを自分の苦しみと思うて愛《いと》おしむ、それだけの心なのじゃ。」

喜平「わしはこれまで、狐の皮をもって弔えなどと、伯父どのから教えられた覚えはない。小手先の仏心《ほとけごころ》に過ぎぬではないか。」

白蔵主「そなた、よほど度《ど》しがたい男じゃのう。もうよいわ。そなたに説教しょうとは思わぬが、この場だけはの、だまされたと思うて、わしにこの骸《むくろ》を弔わせてくれい。弔うてのちに、早々に退散しょう。」

喜平はそれでも、土間の隅に身を固くしたまま出てこようとしなかった。仕方なく白蔵主は、狐の皮を板の間の中央にきれいに広げ整えて、読経を始めた。正座して、数珠をまさぐるその姿は、ひどく小さく、本当に稲荷社の狐ほどのものに見えた。

喜平はしばらくその読経の声に聞き入っていたが、ややあって土間から身を起こし、もはや我慢ならぬというふうに、読経の声を断ち切った。
喜平「伯父どのは、やはり狐ではないのか。先ほどは、皮の下まで真の狐になり切っていたのではないか。でなければ、伯父どのにあれほどの動きはできぬ。」
白蔵主「そうであったら、どうする気じゃ。」
低く、白蔵主の声が返ってきた。
喜平「骸《むくろ》になった狐と同様に、皮をはぎ取るまでじゃ。」
白蔵主「ならば、そうしてみよ。そのようなことになれば、我らも、はっきりと仇《あだ》を返そうぞ。明日にでも、妻女の体が汚されよう。そなたの愛《め》でるふくよかな白腕《しろただむき》が、首筋から切り裂かれて黒い血に染まろうぞ。」
そう言って、白蔵主は中断された読経を続けてゆく。
喜平は、鎌を持つ手に力を込めて、じりじりと白蔵主の背後ににじり寄った。
喜平「やはりそうであったのか。お前は伯父どのではない。伯父どのの形《なり》をした狐であろう。若いサチか、老いたるジンか。いずれにせよ、狐の分際で、人をたぶらかそうとするとは、おのれこそ深い罪障と知れ。まして、わが妻の身まで傷つけようとする禍々《まがまが》しい戯言《ざれごと》には、誰しも耳を疑おうぞ。それでは伯父どのの意にも添うまい。そなたらと伯父どのが、心を通わせ合うに至った事情は人智《じんち》を超えると、仰々《ぎょうぎょう》しく噂されるが、本当かな？　心はちゃんと通い合《お》うているのかな？　さあ、早う正体を見せい。脳天から一打ちしょうか、それとも、腹から断ち割ろうか。」

喜平は鎌を振り上げた。

その時、再び低く、白蔵主の声が経文の一節のように流れてきた。

ジン狐「白蔵主さまの御遺誡《ごゆいかい》によってな、わしはそなたを諫《いさ》めに来た。わしはジンじゃ。御遺誡を身をもって行おうと思うて来た。」

喜平「御遺誡とはどういうことじゃ。まさか、伯父どのは亡くなられたのか?」

ジン狐「そなたのような狐釣りの上手にかかっては、残るサチの身まで危うい。そのことには、死期をお悟りになった折から、白蔵主さまの御心痛も深《ふこ》うてな。その御心痛のまま、白蔵主さまは今朝方《けさがた》亡くなられた。今日は一日かけて、サチとわしとで、白蔵主さまを葬ってきた。葬ったその足で、わしはこうして、身を捨てる覚悟でやって来た。初めから命は惜しいと思うておらぬ。そなたの目を最後まで欺《あざむ》き通せるとも思うておらなんだ。さてそなたが、わしの正体を見破った時どうするか、そなたの心根《こころね》がどう出るか、それが大きな気掛かりだったのじゃ。」

喜平「では、伯父どのは亡くなられたのか。そのことを、なぜもっと早くに言わぬ。よりによって、そんな折に、狐の殺生の議論などできぬ。」

ジン狐「ふふ、やはり、そのような言葉しか出てこぬか。御遺誡の真意はな、人はどこかで誰かが、毎日亡くなっておる。白蔵主さまの命も誰の命も同じこと。その一人一人の菩提を弔う気持ちになれば、仏の教えが行きわたり、やがて、狐釣りにも少しは歯止めがかかってこよう、というものじゃ。今日は殺生しても良い、明日はならぬ、ということではないのじゃぞ。」

喜平「だが、まことであろうな。そのようなことを言うて、わしをたぶらかそうとしておるのではあるまいな。伯父どのは、本当に亡くなられたのか？」

ジン狐「人の生死に関わることで偽りは言わぬ。これが、白蔵主さまと、その意を受けたわしからする、そなたへの最後の説法じゃ。」

喜平は、鎌を控え、狐の皮をはさんでジン狐と対座した。

喜平「伯父どののからどう説教されようとも、狐釣りはわがなりわいであるからな。そうやすすとやめることはできぬ。いかに御遺誡とは申してもな、それは承服できぬわい。伯父どのも伯父どののじゃ。なぜそれほど狐釣りばかりを目の敵《かたき》にする。それほどの慈悲をお持ちであるなら、狐釣りごときのことよりも、まず、この世にあまた行われている人釣りをこそ戒《いまし》めよ。人釣りの酷薄さに比べれば、狐釣りなどは軽い罪業《ざいごう》よ。にもかかわらず、狐釣りのみをこう責めるのは、おのが手飼いのものゆえに愛《いと》おしむ執着であろう。おのれの得失のみにとらわれた心にすぎぬのではないか。伯父どのの仏心《ぶっしん》とは、命あるものすべてに及ぶものではなかったのか。狐のそなたに言うても、詮《せん》ないことかも知れぬがな。」

ジン狐「人釣りとは、人どうしの争いごと、いくさのことか。」

喜平「いかにも。それがいちばん大きな人釣りじゃ。そこに至るまでの揉《も》めごとも含めてな。大小の違いはあっても、どこに行っても、人釣りはいつの世までも無くならぬぞ。」

ジン狐「そのためにも、わしらは、小さな慈悲から始めねばならぬ。目の届く限りのことをするまでじゃ。そうすれば、その慈悲の心が仏の御手《みて》で大きく育ち、あまたの衆生《しゅじょう》に及ぼされる。仏は高飛車《たかびしゃ》に命じるということをせぬ。衆生自らの努力を重んじられるからな。」

喜平「わからぬな。やはり畜生の言うことは虚言《そらごと》じゃ。もっと広く目を開け。それ、その僧の姿で諸国を巡り、説法なり作善《さぜん》の事業なりするのが、真に伯父どのの御遺誡ではなかったのか。まさか御遺誡の第一が、わしの狐釣りを止《と》めることであったとは、信じられぬ。お前の言葉からは、やはりおのが命欲しさの思いよりほかに感じられぬぞ。こう薄の原を渡ってきたのも、わしへの説法にかこつけて、実はおのれが生き延びたい一心からであろう。狐の分際で、そのようにして人を欺こうとするとは、思い上がりもほどほどにせよ。そのうまい口先で、老いた伯父どのの心まで乱していたのであろう。」

ジン狐「わしらは、白蔵主さまに目を開かされた。白蔵主さまの威徳によって、獣の心に仏性を宿らせることができたのじゃ。わしは今日、その心をそなたに伝えようと思うて出てきた。狐の分際も人の分際も同じということを、わかってもらおうと思うてな。そなたには、その大もとがわかっておらぬ。そなたを諌《いさ》めるのも諸国を巡るのも、わしらにとっては同じ菩薩行《ぎょう》なのじゃ。誰であろうと、どこにおろうと、なすべきことに変わりはない。それなのに、なぜ、狐は釣られ、人は釣る？　狐と人とはそれほど違うのか？」

喜平「悟り顔をして、ますます笑止なことを言うやつ。オウそのとおり、狐と人とは違うわい。わしは人、おのれは狐。人であるわしが、狐であるそなたらを釣ってなりわいを立てておる。人と違うて、狐にはまた狐のなりわいがあろうというもの。それでよい、それが、この世の暮らしのありようなのじゃ。それしきのことがわからぬか。何もかもに慈悲をかけておっては、こちらの命がもたぬわい。」

ジン狐「とうとう本性を現したな。人釣りのことなど持ち出して、狐釣りの罪を逃れようとする、そなたの心根がよう見えた！」

ジン狐の切れ長の双眸《そうぼう》が炎を宿し、抑えた語気の下から、怒りが喜平に伝わってきた。

喜平は、鎌を持つ手を握り直した。それを見て、

ジン狐「それ、その鎌をまた振り立てるか。おのれは、生涯そのように鎌を振り立てて生きてゆくのか。」

喜平「いかにも、そうするつもりじゃ。そうせねば生きてゆけぬからの。」

それを聞いて、ジン狐は、さっと土間に跳び下《とお》り、

ジン狐「キチも聞いたか。サチもよう聞け！　わしらとて、生きようと願うのがなぜ悪い！」

そう叫んで元の姿を現し、クァーイと一声高く鳴いて、家から駆け出して行った。

先ほどから一刻《いっとき》（約二時間）ほどの間に、雲が出て、外は淡い月夜からほとんど真の闇夜になっていた。

静寂の中に、草原を吹き抜ける風の音が蘇《よみがえ》ってきた。

喜平は、鎌を持つ手をだらりと下げて、じっとその音に聞き入った。

聞き入りながら、もはや今日のような口先だけの争いで、何が解決するわけでもないことはわかってきた。

喜平「それでも、お互い、できることをするまでじゃ……。」

やがて、遥か遠くに、風の悲鳴のように、夜気を裂く声が響いた。

それが、ジン狐の悲鳴であること、罠であることを知りながら仕掛けに嵌《はま》り、自死《じし》をもって最後の訴えとしようとしたことを、喜平はうすうす感じ取っていた。

瞬時、喜平は身じろぎもせず、その声に聞き入った。

次の日も、草原をかき分けて、獣面人身のものが進んでいた。昨夜のものより、一段と

濃い妖異の雰囲気に包まれている。
進むに連れて、そのものの姿は、全身が獣そのものに変わっていった。

（了）

〈参考文献〉
狂言「釣狐」「狐塚」

うぶめに逢《あ》う夜

むかし、不気味にうねる川の深みと、そこを覆う闇の濃さは、人々の心にさまざまな思いを生んだ。

村はずれの水車小屋に、六人の男たちが集まっていた。あらかじめ日時を決めて寄り合ったわけではない。このところ、近在で噂になっている霊鬼譚《れいきたん》の体験者たちが、引き寄せられるように集まって来たのである。

＊

●若者Iの話

このごろ夜になると、この小屋の前を流れる川に、妙な女が現れるという噂ですね。たぶん、ぼくが見たのも、その女だと思います。

一か月ほど前、隣《となり》村の友達の家に祝い事があって、その帰り道のことでした。酒も入って、つい帰りが遅くなってしまったんです。きれいな月夜の下、おあつらえの酔い心地で、ふらりふらりと川沿いの道を歩いてきました。もう少し上流の辺りでしたか……。

ふと、ちょっと変な感じ、というか、ここにいるのは自分だけのはずなのに、近くに、誰かが、何かがいるような違和感に襲われました。立ち止まって見ると、ちょうど川の中ほど、いちばん深くなっている辺りに、白いものがぼうと霞《かす》んで揺れている。ぼうと霞んでというのは、ぼくの酔眼のせいばかりじゃなく、水面には、その時だんだん霧が立ち込めてきてもいたからです。

白い布切れか何かが流れているのかと思いました。でも、よく見ると、それは動かないし、川面《かわも》に突き出している。それで、ただの布切れではないとわかりました。

初めその人――噂を思い出したんです――は、こちらに背を向けて立っていました。そのまま、しばらく見つめているうちに、その人は、ぼくの気配に気が付いたのでしょう、肩越しに、顔だけゆっくりとこちらに向けました。月の光を浴びて、青白い横顔が浮かびました。霧の中とはいえ、その横顔だけが、なぜかくっきりと見えたんです。

その顔は、お寺にある、あの薬師さまのお顔、その頬をずんと削《そ》ぎ落とし、目尻をこめかみの方へ少し吊《つ》り上げて……そんな感じでした。怖いというより、一瞬、きれいな顔だと思いましたよ。それでぼくは、その女の人に呼び寄せられているような気がして、一、三歩、川岸の方へ踏み出しました。

足が、勝手にそちらへ向いていたんです。

そのままぼくが川の中へ踏み込んだ時、その人は、顔だけでなく体全体をくるりとこちらに振り向けて、すぐに、水の上をスーッと滑《すべ》るように、ぐんぐん近づいてきました。

それだけで、ぼくは、総身の毛が逆立ちました。酔い心地など吹っ飛びました。

いつの間にか吹き始めていた生臭い風が、霧を晴らし、首筋をなぶっていました。

ぼくはたまげて、ワッと悲鳴をあげました。逃げようとして足がもつれ、倒れて、岸の方へ必死に這い進みました。その後《あと》のことは、覚えていません。気が付いたら、この小屋の近くまで逃げ帰っていました。

女の人がそれからどうなったのか、わかりません。ただ、彼女は、ぼくの後ろに迫った時、胸に抱えていた小さな包みを押し付けて、

「この子を抱いて！」

「この子を見てやって！」

と、喘《あえ》ぐように叫んでいました。その包みの中から、ガワガワという赤子の声が聞こえました。赤子にしてはずいぶん変な声でしたが、ただの川瀬の音とも思えません。

ああ、それから、女の人が迫ってきた時、ほんの一瞬のことではありますが、ぼくは、彼女の体に触れました。実体のない幽霊や幻ではありません。冷え切ってはいましたが、真白《ましろ》で、ふっくらとした白腕《しろただむき》の感触は、今でも忘れることができません。

女の人を見たことを今まで隠していたのは、霧や酔いのせいにされて、誰も本気で聞いてはくれまいと思ったからです。

でもね、怖い怖いと言いながら、不思議と、あの女にもう一度逢ってみたいと思うんです。そういう気持ちが無いと言ったら、嘘になる……。

あんな所で、どんな理由で、どれほど長い時間のことか知りませんが、独り心を閉ざして、本当にかわいそうだと思うんです。それで、どうしても忘れることができない。

それと、卑しい欲望と思われても仕方ありませんが、ちょっとだけ触れたあの白腕《しろただむき》の肌ざわりも、彼女を忘れられない理由の一つです。

●若者Ⅱの話

俺は違う。あれは「きれい」なんていうものじゃなかった。こう断言できるのは、俺はその女を、顔を突き合わせるほど間近に見たからだ。

先《せん》だっての晦日《みそか》の頃、川へ夜釣りに出た折のことだ。魚を追うのに夢中で、俺は、その女がそばへ来るまで気付かなかった。

晦日のことで月もない。厚い雲に覆われて星もない。提灯《ちょうちん》の明かりだけが頼りの、真っ暗闇の中だった。

小舟を出して中洲《なかす》に渡り、しゃがみ込んで茂みをさぐっていたところ、ふと横手に何かの気配がした。

顔を上げると、提灯の光を下から浴びて、その女が俺を見下ろしている。

びっくりしたなんてものじゃなかった。そんな所に、いきなりのこと、顔見知りの誰かがいたっていいかげん驚くだろうに、見たこともないその女の姿ときたら、青みがかった薄い衣《きぬ》を、びっしょりと肌に張りつかせ、ほつれた髪の間から、真緑《まみどり》の瞳を燃やしている。それから、これはあとで気付いたんだが、女の下半身は、まるで赤い腰巻でもつけたように染まっていた。噂話からすると、子を産む折の出血で、ああなったのか。

とにかく、あれは普通の人間じゃなかったよ。俺は腰を抜かして、水の中へそっくり返った。声も出なかった。

女はやっぱり、白い布切れでぐるぐる巻いた、小さな包みを持っていた。それを俺の目の前に差し出して、「これ見よ」とか「抱き取れ」とか言って押し付けてきた。だが、そう言われたって、その時の俺に何ができる？　女の冷たい視線に射すくめられて、逃げ出すことさえできなかったんだからな。

それで、どれくらいの時間が経ったのかもわからない。女に迫られた時に落とした提灯は、川を流れて行ってしまった。

のしかかってくる闇の中で、女の目は、緑から次第に赤みを帯び、猛々《たけだけ》しい光を放ってきた。

そんなふうにして、しばらくそこに女の気配はあったのだが、俺が腰を抜かしたきり、いつまで経っても包みに手を出しそうにないものだから、あきらめたのか、やがて女は闇の中へ溶け込んでいった。

少し落ち着いた俺の耳に、アーオ、アーオという赤子の泣き声のようなものが聞こえてきた。いつから聞こえ出したのかわからない。深い川底から湧き上がって、いつの間にか耳元にまとわりつくように響いていた。

俺には子がないからよくわからないが、川のせせらぎの音なんかじゃなかったぞ。聞きようによっては、イガイガとか、オギャオギャとかとも聞こえたからな。

そうだよ、あの女が俺に突きつけた包みの中にいたのは、確かに赤子のようだった。あれが何者だったのかと、考えるほどに恐ろしさが増してくる。

だが、そんな怖い目に遭っていながら、俺にしたってやはり、もう一度、あの女に逢ってみたいという気がないわけではない。なぜそう思うのかって?

うまく言えないが、赤子の包みを俺に向けて差し出した時、女の瞳が、ふっと和《なご》んでな。その一瞬の彼女の姿が、とても印象に残っているから……。

それと、実は最初に、体が触れそうなほど間近に彼女を見た瞬間のことが忘れられない。濡《ぬ》れて肌に張り付いた薄衣《うすぎぬ》、そこにある肢体と、生々しい息遣いがね。

だから、人から何と言われようと、怖いけれどまた逢いたい。逢って、今度はしっかり向き合って、あの赤く染まった衣《きぬ》のことなど慰めてやりたい。

●村の小寺《こでら》の住持の話①

ふうむ、それはおそらく、昔から伝えられておる「うぶめ（産女）」「橋姫」の類《たぐい》の変化《へんげ》であろう。わしは、先代の住持から、うぶめの話として聞いておる。

うぶめというのはな、子を産む時に亡くなったり、死産をしたりした女が、おのれの不運と、子への執心を凝《こ》り固まらせて霊《りょう》となった妖怪じゃ。子を腹に宿したまま、はやり病《やまい》などで死んだ女も――これは辛《つら》いわな――、そうなると言われておる。

みだりに害をなすものではないが、機嫌を損ねると、人の目をくじり出そうと迫ってくるそうな。気を付けねばならんなあ。

お前たちはどうも、怖がったり哀れがったり、体に触れた折の感触がどうのこうのと、浮《うわ》ついた気持ちのようだが、中途半端な情けをかけるのは考えものじゃぞ。うぶめの妖気に取り憑《つ》かれ、逢いに行って、そのまま戻って来ぬ者もおったそうな。

なるほどうぶめは、不憫《ふびん》な女の霊には違いないが、やはり異界に住む者じゃからの。近づかぬことが肝要じゃ。

きっかけはかわいそうでも、今はもう、とんでもない怪物になってしもうておる。そういうことは、うぶめに限らずよくあることじゃからな……。

うぶめはまず、赤子を人に抱き取らせて、やがて牙をむいて、その子を「返せ返せ」と迫ってくる。赤子を産んだのが偽りでないことを認めてもらいとうて、まず人に抱き取らせ、そうしたとたんに今度は、赤子をその者に連れ去られそうな不安に駆られ、「返せ返せ」と迫ってくる。

理不尽な振る舞いじゃが、それがうぶめの心根《こころね》じゃ。一分《いちぶ》の理はある。うぶめから子を抱き取らされそうになったときには、大声で経文を唱えるべしと伝えられている。何しろ、執念を凝《こ》らせて、魂が此岸《しがん》と彼岸《ひがん》の間をさまようている者のことじゃから、経文の功徳が、荒《すさ》んだ心を少しずつでも癒やすのじゃろうな。

うぶめに近づいてよいのは、共に哀《かな》しむ気持ちが、恐怖やその場限りの好奇心・欲望に打ち克《か》って、真に魂を弔《とむら》いたい、手向《たむ》けを捧《ささ》げたいと思う者だけなのじゃ。ちょっと近寄られただけで、ぶざまに逃げ出したり腰を抜かしたりする者は、二度と近づかぬ方がよい！

それとな、わが寺の御本尊の名が出てきたのには驚いたぞ。あろうことか、うぶめの顔をお薬師さまになぞらえるなど、もってのほかじゃ。まあ、率直に思いを述べただけであろうがな。それでも気を付けねばならん……。

こちらが勝手に逢いたいと思うても、その気持ちが、うぶめのような相手に簡単に通じるはずもない。それが通じる相手なら、とっくに成仏しておるわ。

どうも、お前たち若い衆は、うぶめにたぶらかされそうな手合いばかりじゃな。うぶめは、己《おの》が不運な境涯への怨念をそのまま現世にとどめて、さまようている者の霊であるからな。命あるものすべてへの深い憎悪を宿している。なまじいな気持ちで近づくと、必ずその執心に取り憑《つ》かれるぞ。

よいか、身の程をわきまえよ。逢いたいという思いのままに、逢《お》うてどうする？　ふらふらと抱き付くか。赤い汚れを拭《ぬぐ》うてやるか。素直に赤子を受け取ってみるか。なに？　そのうちのどれか一つでもできれば満足じゃと？　救いようのない男たちよのう。

うぶめを自分の力で救おうなどと考えているなら、それはできぬ。うぶめの怨念《おんねん》を救うてやれるのは、世に名僧・高僧といわれるほどの聖《ひじり》だけなのじゃ。

子を「抱き取れ」「戻せ」のやりとりの中で、こちらに少しでも邪心があると、すぐに見抜かれる。するとうぶめは、とつぜん悪鬼の本性《ほんしょう》を現して相手に襲いかかる。

うぶめはそういう恐ろしい性《さが》を持つ妖怪じゃ。身の程をわきまえよというのは、そのことじゃよ。

うぶめはしかし、もとは心優しい女であったのかも知れん。それが、わが身、わが子の不幸を悲しむあまり悪霊《あくりょう》となった。

お前たちの話を聞いているうちに、どうも、わしの心までざわめいてきた。ほんに、生前のうぶめはどんな女であったのかのう。考えるほどに、そのざわめきが広うなる。

薬師さまのことも、わが心を乱す理由の一つじゃ。若者たちは、畏《おそ》れげもなく、生身《しょうじん》の薬師さまを、うぶめに重ね合わせておるらしい……。それがどれほど不遜《ふそん》なことか。

エイ、ようわからんままに、一度だけでよい、わしも、うぶめに逢いとうなってきた。

＊

独り言めいてそこまで話し、住持が物思いに沈んでいく間、水車小屋の中は、しばらくシンと静まり返った。

やがて、隅の方からおずおずと、老人と坊やの話が始まった。

＊

●老人と坊やの話

老：先《せん》だって、孫と二人で茸《たけ》取りに山へ入った折のことじゃ。日が落ちかけて、もう帰ろうかという頃、急にひどい差し込みに襲われてな、どうにも身動きができなくなった。なに、わし一人なら日が暮れようとどうなろうと、一向に構うことではないが、孫が一緒じゃでな。夜露の多い山の闇は、やはり危険なものじゃから、そうのんびりと構えておるわけにもいかなんだ。

なんとか明るいうちに里に出ようと、痛みをこらえて、そろりそろりと山道を下って行った。

坊：お医者さんだっていないしね。ずいぶん休み休みして、とてもゆっくり歩いたんだよ。それでとうとう、日が暮れてしまったんだ。じっちゃまは、額に脂汗《あぶら》を流しながら、胸の辺りを両腕で抱え込むようにぎゅっと押さえて、一度に三歩も歩けないんだ。

だからおいら、じっちゃまの着物の帯を握って、力いっぱい引っ張ったんだ。じっちゃまは、オウオウって唸《うな》りながら、それでも、「坊も力が強くなったな」って、おいらのこと誉めてくれたよ。

老：ようよう山から下りて川のほとりに出た時には、もう宵闇が迫っていた。しばらく歩いてから、わしらはその女を見た。

さっきの若い衆らの話のとおり、川の真ん中辺りに立っていたが、怖くはなかった。孫も怖がってなんかいなかった。怖がるどころか、女の姿を食い入るように見つめておった。女は、わしらにずっと付いてきた。

ただ突っ立っているだけで、歩いているそぶりも見えぬのに、流れに沿うて、わしらと並んで進んでいた。不思議には思うたが、知らん顔してわしらは歩いた。

村の明かりが見える辺りまで来ると、女が不意に、すっと川岸まで寄ってきた。若い衆の言うとおり、川面を滑るような感じでな。そして、わしらの顔をのぞき込んだ。全身が濡れて哀れな様子じゃった。

だがな、下半身が血で染まっていたというのは間違いだぞ。女は白い小袖に薄い青紫の単《ひとえ》という略装で、紅《くれない》の袴《はかま》をはいていた。

年寄りの夜目《よめ》じゃから自信はないが、若い衆は、かわいそうという思い込みが先に立って、紅の袴を血のりと間違えたのではないのかな。

坊：じっちゃまの言うとおりだよ。それに、おじちゃんたちの言うような、怖い目なんかじゃなかった。ずいぶん赤い目だったけどね。きっと、あまり泣きすぎて、あんな目になってしまったんだよ。

おいら、逃げ出そうなんて思わなかった。じっちゃまもそうだった。じっちゃまはね、おばちゃんがおいらに近づくのを、そばで黙って見ているだけだった。

その頃には、もうじっちゃまの痛みはほとんど消えて、ちっともしんどそうじゃなかったんだ。だから、逃げ出そうと思えば、走ることだってできたんだ。

でも、二人とも、そんな気が起こらなかった。真っ白な顔で、赤い目をしたおばちゃんの頬に伝う水玉が、その時、やっと見え始めたお月さまの光を受けて、山の崖にある紫水晶みたいに輝いたんだ！

老：女は持っていた包みをわしらに差し出して、それを抱き取ってほしそうに迫ってきた。かわいそうに思って、そうかそうかと抱き取ってやった。孫も抱いてみたいと言うから、そうさせてやった。

包みは氷のように冷たかったな。それでもわしらは、かわるがわるそれを抱いて、わしらの体温で少しでも温まるようにと一所懸命にさすってやった。

女はしばらく、満足そうにわしらの様子を見ておったが、今度は「返せ」というように手を差しのべてくるので、返してやった。

抱き取る時も返す時も、少しもためらいはなかった。中身を確かめようともせず行われたそのやりとりが、女にはとても嬉《うれ》しそうだった。

坊：それからね、おばちゃんは不意に水の中に体を沈めて、ちょっとの間、川の底におばちゃんの顔だけが映っていた。とても名残惜しそうだった。でも、それもだんだん波と一緒に崩れていって、とうとうおばちゃんの顔は、波の上にきらめいている月の光と同じになった。

それでね、おばちゃんがいなくなってしまってから、普通の人じゃないとわかったけど、やっぱり怖いとは思わなかった。それよりも、あんな冷たいものをずっと抱いて、川の中にいるおばちゃんがかわいそうだ。

老：赤子の気味悪い泣き声も、生臭い嫌な匂いもしなかったぞ。逆に気持ちが晴れ晴れしたくらいじゃ。できれば、もう一度逢《お》うて話もしてみたい。あれが妖怪うぶめらしいということは知っておる。逢い続けていると、取り殺されるという言い伝えも聞いておる。聞いておるが、本当かな？

うぶめは、狐が人をたぶらかそうとする変化《へんげ》とも、不気味な鳴き声をする怪鳥《けちょう》とも聞いているが、先ほどの住持の話では、子と死に別れた女が怨霊になったということじゃな。わしも、そのとおりじゃと思う。あの悲しそうな様子からして、そう見えるわ。あの女の表情は、孫の母が死ぬ時、孫を見つめた時のそれにそっくりじゃった。わしには、あの女の辛《つら》い心残りがようわかる。

孫もあの女に逢いたがっている。死んだ母親の面影を見ておるのかも知れん。仕方のないことじゃ。母の優しさ・ぬくもりを知らぬから、それに飢えておるのじゃろう。もう一度うぶめに逢《お》うて、坊やが取り殺されてもいいのかって？　そう言われても困るがなぁ。あのように寂しげな女の様子は、わしらの心にかかるでな……。

孫の言うていたあの女の最後の表情は、とても妖怪なんぞには見えなかった。わしには、大慈大悲・変化《へんげ》自在と言われる観世音菩薩と見えた。

●住持の話②

なんと、うぶめが観音に見えたとな！

考えたこともなかったわい。実はわしは、初め噂を聞いた時、川面が月や提灯の明かりで光るのを、思い込みの強い慌《あわ》て者が、白い衣や女の顔と見間違えたのかと考えていた。先代の住持から言い伝えを聞いた折にも、それに似たようなことだろうと思うていた。

だが、これまでの話を聞くと、どうもそうではないらしいな。特に爺《じい》さと坊の話は興味深い。

爺さと坊が、それほど素直にあの女に心を開いてやれるなら、また逢《お》うてみるとよかろう。あのような霊《りょう》となったものには、それがいちばん嬉しいことなのかも知れん。

わしも、ますますうぶめに逢いとうなってきた。それにしても、同じうぶめが悪鬼とも菩薩とも見えるとはな。子に執着するうぶめの心は観音にも通じるということか？　そうであっても不思議でないが……。

どれ、最後になったが、お侍の話を聞いてみよう。

●お侍の話

俺はな、つい一刻《いっとき》（約二時間）ほど前まで、この先の国守《くにのかみ》の館《たち》にいた。詰所《つめしょ》で朋輩《ほうばい》と話がはずむうちに「うぶめ」の話題になった。

もし噂のとおり、そのような女性《にょしょう》がいるとしたら連れ帰って、一夜酒席にでも誘おうと思うてな。今、その女に逢《お》うてきた。

朋輩が俺の帰りを今や遅しと待っているが、この小屋から、うぶめがどうとかという声が聞こえてきたので、立ち寄ってみた。

怖くなんかなかったぞ。強がりではない。数知れぬ戦場《いくさば》を踏んできたが、いまだかつて、何かを恐ろしいと思うたことは一度もない。

今夜も、なんともなかった。女とはいえ、手ごわい霊の化身と聞いていたから、念のため戦場に行く出で立《い》ちで――太刀はもちろん、鎧《よろい》・兜《かぶと》、弓・やなぐいまで身にまとうて――出かけたが、それも無用の身支度だった。

女は確かに――まるで俺を待ち受けてでもいたように――そこに居《お》った。爺さと坊がうぶめに逢ったという辺りだ。俺はすぐに川中に降り立ち、ズボズボと波を蹴り上げて女の方に突き進んだ。女もびっくりしたようだ……ハハハ……。

その時、夜の川の冷気にはおよそ似合わぬ、吐き気を催すような生臭い風が吹いてきた。今思えば、死臭のような臭《にお》いであったなぁ。その風に頬をなぶられて、気が付くとイガイガ、オギャァオギャァと、地の底から湧き出すように赤子の声が聞こえていた。疑う者もおるようだが、あれは赤子の声に間違いない。

何もかも、若い衆の話のとおりだ。爺さと坊の話は眉唾《まゆつば》だぞ。

女は胸に小さな包みを大事そうに抱えていた。それを俺の方に突き出し、抱き取れ抱き取れと言うて迫ってきた。もちろん俺は、そう来るのを待ち構えてもおったから、

「さらば、取らせい。」

と、するりと抱き取ってやった。女は、

「それッ、間違いなく取らせるぞ！」

と、包みを強く俺に押し付けてきた。

出かける前、俺は朋輩に、本当にその女に近づいた証拠に、女を連れ帰るか、それができなければ、せめて女の包みを持ち帰ると約束していたものだから、もっけの幸いとその包みを抱き取った。

ところが、どうだ、自分から頼んだくせに、そのとおりに受け取ってやると、今度は、すぐにそれを、

「さあッ、返せ、返せッ！　生きて、、、返せ！」

と迫ってくる。「生きて」という難癖まで付け加えてな。理屈に合わぬではないか！

で、はっきりと、

「それはできぬ！」

と答えてやった。それでも女は、青白い顔に目だけ炎のように燃やしながら、なおもしつこく迫ってくる。

その執念深さには、俺もほとほと困り果てた。このことについて、住持は何やら小むずかしい理屈をこねておったが、そのようなことは俺にはわからん。ただの理不尽な振る舞いとしか思えなんだ。

とにかく、いくらそう迫られても、おとなしく返したのでは俺の面子《めんつ》が立たないから、

「もはや返さぬ！」

と大声で叫んでやった。

するとと今度は、女の形相が一変した。目を剝《む》いて、食いつきそうな顔つきになった。口はズルリと耳まで裂け、二、三寸ばかりも伸びた爪を高く鉤針《かぎばり》のように構えてな、ついに妖怪の正体を現しおった。

「クハッ、クハッ」

と言葉にならない叫びをあげ、髪を振り乱して襲いかかってきた。

今日は、月夜とはいえ雲が多くて、何もかもがそうはっきりと見えていたわけではない。それでも、見るべきものは見てきたつもりだ。だからこうして帰ってきた。

確かに、初めはまあ、皆の言うように、きれいと言ってもよいほどの顔立ちだった。だがこの時には、もう、その容色の跡形もなくなっていた。

肌は魅力的だったかと？　若い衆ふたりはそんなことが気になるのか。それを聞いてどうするつもりだ。まさかあの女を手籠《てご》めにでもしようと企《たくら》んでおるのではあるまいな。やめておけ、やめておけ。あれはやはり、上辺《うわべ》のたおやかさで人を惑わし、引き付けては取り殺すという妖怪「うぶめ」に違いない。それは住持の言うとおりだ。

包みの中は、どうもあの嫌な声で泣く赤子のようだったが、抱き取った時、その重かったこと……。まるで石の地蔵を押し付けられたようだったぞ。俺もたいていの力自慢だが、その場で、それを抱いているだけで、肩が抜けそうだった。爺さと坊の話とは大違いだ。

それでも、何とかこいつを陸《おか》まで持ち帰ろうと、俺は必死に逃げ出した。何しろ、真っ赤に熾《おこ》った炭火のような目をした魔物――そいつはもう「女」ではなかった――が、鉤爪を構え、頭《かしら》の毛をよもぎのように振り乱して追いすがってくるのだからな。重い包みを持って、逃げ出すのに懸命で、とてものことに、いかな俺も、そんな妖怪を酒席に連れ帰るどころの騒ぎじゃなかった……。

でも、まさか、たやすく八つ裂きにされるようなこともあるまいと思ったから、そこはそれ、そう覚悟を決めてしまえば、もう肝《きも》が据《す》わった。

その魔物が包みを返せ返せとまとわりつくのを振り切ろうと、重い鎧や兜を脱ぎ捨てて、ずんずん引き返し、やっと岸辺にたどり着いた。すると、急にそやつの気配が消えた。赤子の声も、生臭い匂いもやんでしまった。

ただそれだけのことだった。俺がこう大汗をかいているのは、怖くて冷や汗を垂れ流したわけではない。そやつから奪い取った包みの重さでこうなったのだ。

包みはホレッ、ここに、俺の懐《ふところ》にこうしてある。ゆっくり中身を改める暇もなかったが、これは、赤子のような……。

だが、どうもおかしい。あれほど重かったものが、今は妙に軽くなっている……。とにかく見せてやろう。ホラッ……あっ！

お侍は震える手で懐をまさぐったが、何も出てこなかった。

川へ入った証拠に、濡れた木の葉が二、三枚、腹帯に張り付いていた。

●住持の話③

お侍も、相当に怖い思いをしたようじゃな。ほれ、まだ手が震えておるではないか。なに、恥ずかしがることはない。初め強がっていても、うぶめに逢えば、誰でもそうなると言われておる。

わしはのう、まず若い者たちの話を聞いて考えさせられた。うぶめはなぜお前たちに姿を見せたのか。

お前たちは、いわば、うぶめから逃げる途中で立ち止まった。逃げても捨て切れない何かを、うぶめに感じていたのじゃろう。その何かがなければ、うぶめがお前たちに姿を見せることもなかったろう。

爺さと坊の話を聞いた時、うぶめの求めるものが何であるかがようわかった。

爺さと坊がうぶめにかけた慈《いつく》しみと哀《かな》しみは、若者らの心の奥底にも宿るものであったろうからな。

まさか、うぶめに初めから露骨な色欲など抱いたわけでもあるまいが、まあそこのところは、いくらか大目に見てもよかろう。

怖い怖いと逃げ出しただけで終わらなかったのが良かった。

あんなに怖かったはずなのに、もう一度逢ってもよいようなことを漏らしておったな。その思いこそが、余人に代え難いもの。たぶん、うぶめに通じていたに違いない。

爺さと坊は、子を抱き取って温めてやったのじゃな。その人肌《ひとはだ》のぬくもりを、うぶめは何よりも飢え求めておったのじゃろう。

お侍は、いちばん怖い目に遭《お》うたわけじゃから、素直に怖がっておればよい。武辺の朋《ほう》輩《ばい》たちへの手前もあろうが、うぶめのような妖怪が相手では、空《から》威張りしても仕方あるまい。持ち帰ると約束した包みも無くなったことだしな。

どんなものでもいつかは無くなる。赤子を包んでいたはずの布切れが、木の葉になったのも無常の理《ことわり》。朋輩には、住持がそう嘯《うそぶ》いていたと伝えておけ。

お侍のやり方も、捨てたものではなかったようだ。無鉄砲に物事にぶつかって行き、はね返されて、震えて戻ってくるような男の生きざまは、これはこれでまた、うぶめも受け入れているのであろう。子供のように好奇心は旺盛だが、邪心が感じられぬからの。

お侍の持ち帰った包みは、ずいぶん重かったはずなのに、ただの木の葉に変わっている。赤子は長い時間を経て、もうその実体をなくしておった。世の道理とはいえ、うぶめはこのことを認めたくなくて、渡すとすぐに戻せ戻せと迫っていたのか。爺さと坊が抱《だ》いてやっていたのも短い時間だ。

お侍は「見るべきほどのものは見た」と言うたが、自分で思うている以上に大変なものを見たのかも知れんな。

うぶめの姿が、たおやかな白腕《しろただむき》の女から鬼へと一変した瞬間のことじゃ。しっかりと見届けていたのは、お侍だけじゃからな。

「見るべきほどのもの」とは、このことじゃろうよ。わしも、そんな瞬間を見てみたい。うぶめの心に——願わくはわしの心にも——同居する菩薩と悪鬼を見届けたい。

うぶめは、わしらの心を映し出す鏡なのかも知れん。うぶめに逢《お》うて、わしらは、恐怖や憐《あわ》れみや、厭《いと》う心や慈しむ心、下種《げす》な思いや気高い思いが、自身の中にどのようにわだかまっているか、おのずと思い知らされよう。

こんなふうに、今日、うぶめを見た者たちが、約束もせず自然に集まれたのは、うぶめの導きかも知れぬ。

噂だけが一人歩きして、ただの霊鬼譚に終わるようなことのないように、というのがうぶめの本心のように思えてきた。

この中で、うぶめに逢うてないのはわしだけじゃ。うぶめはわしに逢うてくれるじゃろうか、わしにも、うぶめに逢う資格があるのじゃろうか。

考えるほどに不安が増してくる。

さて、どうやら月も雲に覆われ尽くし、真《しん》のつゝ闇《やみ》が迫ってきた。もはや、帰ろう。

＊

「もはや、帰ろう」という住持の思いに呼応するように、六人の男たちは、無言で水車小屋から立ち去った。

次の日以降、彼らは何事もなかったように、それぞれの日常に呑《の》み込まれていった。

（了）

〈参考文献〉

『今昔物語集』巻二十七の第四十三ほか

聖《ひじり》、修行の果ての事

平安時代も末、やがて鎌倉の世が始まろうという頃の話である。

京の愛宕山《あたごさん》に、偉い坊さんが住んでいた。この坊さんが、人々から「聖《ひじり》」と呼ばれるほどになったのは、長年にわたる、人並みはずれた努力の賜《たまもの》だった。

坊さんの努力の成果は、初め、なかなか現れなかった。

何しろ坊さんは、仏の教え一つを学ぶにしても、人よりずっと時間がかかり、あれこれ頭をひねったあげく、ようやく納得できるという具合であったから、もっと頭の切れる同僚・後輩たちに、僧侶としての地位も名誉も、どんどん追い抜かれていった。

地位や名誉にさほど執着があるわけではなかったが、やはり、面白くないことであるには違いなかった。

そこで坊さんは、師について他の者と仏学を競うよりも、孤独の「行《ぎょう》」こそ自分の進むべき道と心得て、愛宕山の中腹に庵《いおり》を結んだ。

初めは、愛宕に籠《こも》って修行三昧《ざんまい》の日々に入ったというだけで、麓の里人《さとびと》たちから好意的に見られているに過ぎなかった。いささか暗愚で、知恵の行き届かない面もありそうだという風評も囁《ささや》かれた。

だがそれも、年を重ねるにつれて、一途《いちず》に「行」に打ち込む姿が、持経者《じきょうじゃ》の鑑《かがみ》として重々しく伝えられ、いつか「愛宕の聖」と呼ばれるようになったのだ。

老年に入る頃には、時の帝《みかど》に招かれて、宮中の祈祷《きとう》行事――年中行事としての読経《どきょう》の会や后《きさき》がたの安産や病気平癒の祈りなど――にまで、叡山《えいざん》・東寺《とうじ》の名だたる僧たちと共に、折々参列を許されるようになった。

そういう立場になって、坊さんは、ここまで「行」を極めたからには、こののちの願いは、もはや生身《しょうじん》の仏《ぶつ》・菩薩《ぼさつ》――殊に我《わ》が念持仏の普賢《ふげん》菩薩――を拝むことばかりぞ、と考え始めた。名のある僧の話にも、そのようなことが伝えられている。何事も精進次第というものじゃろう……。

そして、さらなる精進を期したこの折に、修行に一段と専念できるようにと、坊さんの身の回りの世話係として、小坊主一人を庵に伴った。小坊主を連れとするのは、当時の風習として珍しいことではない。

その日坊さんは、六条高倉小路に住む公卿《くぎょう》から、北《きた》の方《かた》に取りついた物《もの》の怪《け》を調伏《ちょうぶく》するための祈りを頼まれ、小坊主を伴って早朝に山を下った。

祈祷ののちに、しばらく生真面目《きまじめ》な説法を行い、謝礼の衣《きぬ》などもらって、うやうやしく邸《やしき》から牛車《ぎっしゃ》で送り出された。

愛宕山の裾まで送りつけてもらった頃には、もう、夜の闇が迫っていた。人家も尽きた辺りを、小坊主と二人、とぼとぼと歩きながら、小さな川べりにさしかかった時、叢《くさむら》の中に、何やら蠢《うごめ》くものの気配がする。鹿でも山から下りてきているのかと、そのまま通り過ぎようとしたところ、かすかなうめき声が聞こえてきた。

近づいてみると、女が、黒い細紐《ほそひも》で手足を縛られて打ち捨てられている。単《ひとえ》の裾《すそ》が乱れている。時折しゃくり上げるように全身を波打たせているが、虚空を見つめる瞳は乾いて無表情だった。

坊さんたちが近づいても、乱れた衣服を気にするふうもなく、真っすぐ空を見つめている。

女は、坊さんも見たことのある、ここ数年都の大路・小路を徘徊《はいかい》している浮浪人だった。どこから流れてきたのか誰も知らないまま、いつか都の景物となり、軒先や物置に夜の宿を許したり、求められれば何がしかの施《ほどこ》しをしたりする者もいた。

年も若く、このような浮浪人には珍しくどこか哀《あわ》れげな風情を漂わせていたので、ふと同情を覚える者もいたのである。

しかし、いたずら好きの若者たちからは、女の艶《つや》やかな肉体の魅力もあって、追い回され、退屈しのぎの歓楽と嘲笑の種にされた。そのたびに、事のあとでは、寺院の木立の中や、羅城門の朽ちた大柱の陰に、裸同然の姿で、ぼろきれのように打ち捨てられた。

女は、どんな場合でも、大きな喜怒哀楽を示すことなく、人の言うことに素直に従ってしまうふうだった。若者たちは、女を、人とも思っていなかったようだ。


この日も、こんな都のはずれまで連れてこられて、無残な姿をさらしていた。これこれと声をかけても、反応がない。その姿からは、自身をも含めて、自分を取り巻くすべてのものへの深い無関心が感じられた。

こんな日常でありながら、その中をどんな気持ちで生きているのか、坊さんの心に、少し興味が湧いてきた。

女が見上げている空には、もう星が淡く瞬《またた》いている。もとより、庵に女を連れ帰ることなどできないし、とりあえず小坊主に紐を解かせ、そのまま見過ごすより仕方がなかった。

小坊主は、それでいいのかというように坊さんの顔を見つめたが、坊さんは黙って首を振るばかりである。

あとで小坊主に様子を見にこさせようかどうしようかと案じながら、坊さんはそのまま女を置いて、庵へ通じる坂道を登り始めた。

しばらく歩いてふと振り返って見ると、五、六間《けん》（約十メートル）ほどの距離をおいて、女が付いてきている。こうなると、むげに追い返すこともできない。

さっきは叢《くさむら》の中でよく見えなかったが、今、夕闇が迫っているとはいえ、乱れた衣、特に引きちぎられた小袖《こそで》の肩先から、むき出しになった瑞々《みずみず》しい白腕《しろただむき》は、坊さんの目に鋭く焼きつけられた。

それは、白磁のように透明感があり、白磁以上に真白《ましろ》である。

小坊主は、女が付いて来ていることを全く意に介さぬふうに、公卿からの謝礼の品を背負い直した。

女は庵まで付いて来た。仕方がないので、その夜は、庵の脇のマキ小屋に寝かせることにした。小屋とはいっても、掘立柱《ほったてばしら》に板屋根を葺《ふ》き、周囲に筵《むしろ》を垂らしただけのものだ。今夜はここで休むように言われると、女はさっと駆け込み、マキの間に膝を抱えてしゃがみ込んだ。

そして、それまでの半ば放心の姿とは見違えるように、きらきらと光る瞳で坊さんを見上げている。やっと安住の場を見つけたという様子だった。

折から晦日《つごもり》の頃で、小坊主に粥《かゆ》を持たせて、もう一度小屋に来た時には、周囲はもう真の闇夜になっていた。女はまだ、先ほどの場所にうずくまっている。

手燭《てしょく》の灯《あか》りの中で、再び女と向かい合って、坊さんは不思議な気持ちになった。ゆらぐ灯りの陰影が、女の生《なま》の肉体を感じさせた。決して相手からそらされないその瞳は、あるがままの自分を、まるで無防備に相手にさらけ出しているようだ。

小坊主が気色《きしょく》悪そうに女の前に粥の膳を置いたが、女は手を出そうとしない。

「食べてもよいのじゃ。食べなさい。」

坊さんにそう言われて初めて、女は膳にとびついた。小坊主は、まるで人間でないものを見るような目で、女の貪《むさぼ》り食《く》う様子を見つめている。

坊さんは、いちいちはっきりとした指示をしなければ何もしない、指示すると機械じかけの人形のようにいきなり激しく始動する、その心情のありようを推測して、この女に、多少のいらだちとともに、それに勝る哀れみと興味を抱き始めていた。

女の着衣も、早く直してやらねばならない。いつまでも破れた小袖、むき出しの白《しろ》い腕《ただむき》のままというわけにはいかない。

その夜は、そのまま女をマキ小屋に泊めた。


女は、翌朝もそこにいた。

坊さんは、すぐに麓《ふもと》の水尾《みずのお》の里に行って、洗いざらしの小袖を誂《あつら》えてきた。

翌々朝も、その次の日も女はいた――。

小坊主は不満そうだったが、それでも坊さんの言いつけで仕方なく、日に二度の食事を運んでいた。

最初のうち、女はひっそりと小屋に閉じこもっているだけだった。あまりに動かないので、どこか体の具合でも悪いのかと声をかけても、ただ真っすぐな視線を返すだけで返事はない。瞳だけが、日ごとに輝きを増してくる。

「早《はよ》う出て行ってもらわねばのう……。」

坊さんは折々、困り果てたふうに小坊主に話しかけた。

「食事など出してやるから、いつまでも居座《いすわ》るのです。仰せがあれば、私がすぐにでも追い払いますよ。」

そう言われると坊さんは、困惑して、

「いやいや、まあそう急に無体《むたい》なこともできまい。あのような者は、放っておいても、いずれそのうちどこかへ行ってしまうわ。それまで待っておるより仕方があるまい。」

と、一向に煮え切らない。

そのようにしてずるずると日が経ち、七日ほどにもなったある日、坊さんも小坊主も目を見張ったことに、女が自らの意志を初めて見せて、小屋の壁代わりに垂らしてある古《ふる》筵《むしろ》を、新しく整え始めた。

日中、姿を消していたかと思うと、どこからか筵・木切れや紐・縄の類《たぐい》を集めて戻ってきて、黙々と作業を続けるのである。

小屋の四面の柱に木を架け渡し、筵を垂らして紐でゆわえる。木の長さがうまく合わないと、また姿を消して集めてくる。紐が不足するともう一度出かけて行く。

そんな働き方で、壁の一面を仕上げるのにもひどく時間がかかったが、その熱心さは並々でない。筵は麓の里からもらい受けてくるのだろう。木切れや紐・古縄は山中で拾い集めているらしい。

「いよいよ、本当にここに住みついてしまうつもりですよ。」

と小坊主は苦々しげにつぶやいたが、坊さんの方は、例によって、事をよい方へよい方へと解釈しようとした。

「いやいや、そうとは限らぬ。あれはの、自分が住みつくためではなく、わしらへの恩返しに、マキ小屋をきちんと仕立て直そうとしておるのかも知れぬ。そうしておいてから、立ち去ろうとしているのかも知れぬぞ。」

小坊主は、あきれたように坊さんの顔を見つめた。

この時彼は、一連の坊さんの言動から、これまで自分のことを稚児《ちご》めいた関心で愛《め》でてくれていた坊さんの心が、今、女の方に大きく傾きかけているのを感じ取った。

そんな小坊主の気持ちを思いやるゆとりもなく、さらに坊さんは、

「やっと人らしい心が戻ってきたようじゃな。助けてやったかいがあったというものじゃ。日夜《にちや》拝み奉っている普賢菩薩の功徳《くどく》かも知れんのう。」

とも言った。坊さんには、女がここに住みつこうとしているかどうかということよりも、何かを作ろう、整えようとする行為そのものが、新鮮で、好ましいものに感じられたので

ある。

小坊主は、坊さんの呼びかけには返事もせず、そっぽを向いてしまっている。

「あのような心になったからには、人交わりをするについても、今少うし身なりをきちんとさせてやらねばなるまいな。」

坊さんは、女がここへ来た初めの日と同様に、水尾の里へ自ら出向き、古着を分けてもらってきた。

女は、山中の清水の涌《わ》き出る所へ行き、半刻《はんとき》ほどして戻ってきた。体を洗って髪も梳《と》かし、見違えるように小ざっぱりした女を見て、さすがに坊さんも、女をこれ以上ここに置いておくわけにはいかないことを悟った。

つくねんと草の上に座る姿全体が、今までの女ではない、くっきりと、何か別の輝きを帯びて見えたのである。

あまりに重く生々しくて、修行者の身として、決して近寄るべきでない……。

そんな坊さんの思いを察してのことか、あるいは単なる気まぐれからか、その夜、女は姿を消した。

女が山から下りて数日が経った。噂《うわさ》では、女はやはり、すぐにまた元の浮浪人仲間に戻ったらしい。女のことを思い出す度《たび》、坊さんの哀《かな》しみは、日々に深まっていった。

「無念なことじゃ。もうしばらく、山にとどめておくべきであったかも知れぬ。あのような者の身の上こそ、仏の慈悲に掬《すく》い取られるはずであるからな。」

とか、

「まだわしに、あの女を救うだけの悟りの力が備わってないということじゃ。まだまだ修行が足りぬ。」

とか、どうも、坊さんの心は定まらない。

小坊主は何を考えていたのか。

女のことを冷たくあしらっていたから、いなくなってうれしいはずなのに、なぜか、むしろむっつりとふさぎ込んでいる。日々の積み重ねの中で、小坊主の心にも、少しずつ、女への愛着がふくらみ続けていた。


このごろ坊さんは、マキ小屋を見るたびに、強く女のことが思い出されてならない。読《ど》経《きょう》の最中でも、ふと女がそこに戻っているような気がして、小屋を覗《のぞ》いてみることがある。これまで、仏学以外のものに、これほど心を動かされたことはない。

こんな老年になって、と自嘲気味におのれを振り返るが、女の不在を確かめるたびに、前には感じたことのない深い寂寥《せきりょう》を覚えるのは事実である。深くて強いけれど、掴《つか》みどころのない寂寥感だ。一か月近くもそんな日が続いていた。

ある夜、定めの勤行《ごんぎょう》を終えて一息つき、庵の前をそぞろ歩きしていた時、向かいの木立に、何やら動くものがちらりと見えた。木立が風に揺らいだだけなのか、本当に何かいたのかは定かでない。気のせいかとも思いながら床に就いた。

空《うつ》ろな気分のまま、いつまでも眠れない。もう真夜中を過ぎたかと思われるころに、コツコツと戸をたたく物音がする。急いで起き出して開けてみると、女が立っている。坊さんに向かって、いたずらっぽく、ちょっと照れたふうにくすくすと笑っている。坊さんが持つ手燭《てしょく》の灯《あか》りを受けて、女の周《まわ》りだけが薄《うす》明るく見えている。

前にいた頃よりも窶《やつ》れが目立ち、衣服の乱れも激しかったが、それだけ凄絶《せいぜつ》の感を深めている。戸外の闇を背景にくねり舞う白腕《しろただむき》が、空間を浮游《ふゆう》している。

女を目の当《ま》たりにした瞬間、坊さんの心に強い喜びが噴《ふ》き上げてきた。

「よう戻ってきた。よう戻ってきた。」

と、思わず肩を抱きかかえて、マキ小屋へ連れて行った。

女は、いったんはおとなしくマキ小屋の中にうずくまったが、坊さんがいなくなると、すぐに小屋から出てきて、またコツコツと戸を打ち始めた。開けてやると、ただほほえみながら立っている。再び坊さんは、女をマキ小屋に連れ戻す。何度連れ戻しても、女はすぐに起き出してきて、戸を打つことをやめなかった。

こんなことを、二人は一晩中繰り返していた。小坊主は、途中から起きてきて、しばらくその様子を眺めていたが、不愉快そうに、黙ってまた部屋へ戻って行った。

坊さんは、夜明け方にやっと少しうとうとして、やがて澄んだ小鳥の声に目を覚ました。すぐにマキ小屋をのぞいてみたが、女は姿を消していた。寝床に使った筵だけが、ひどく寒々《さむざむ》しげに残っている。

その後、女は折々坊さんの庵を訪ねてくるようになった。二晩と続けて泊まることはなかったが、四、五日に一度は姿を見せた。そのたびに、ただ庵の戸を打ち続け、坊さんを眠りから呼びさます。坊さんの方は、そうされることを、怒るどころか、むしろ待ち遠しくさえ思うようになっていた。

坊さんの日常は少しずつ壊《こわ》れていった。

女が自分の意志で始めるのは、戸を打つことだけである。坊さんが姿を見せると、おとなしく小屋に連れ戻される。坊さんが離れていく時にも、引き止めようとするそぶりを示すわけではない。ただ戸を打つことだけに意味を求めているような挙動だった。

優しくしてくれる坊さんとの絆《きずな》を——たぶん無意識に——深めようとしての試みか、安全な居所《いどころ》としてのマキ小屋を好んでいるのか。あるいは、自分の行動にいちいち大げさに反応する坊さんの動きを、面白がっているだけなのか。事実はただそれだけのことなのかも知れない。

「天涯孤独の者らしいからのう。まともに人としゃべることもできず、頭も自在には働かぬようじゃから、わしのような年寄りを頼りに思うているのかも知れぬ。」

と自問自答し、小坊主にも問うてみたが、もとより小坊主から返事はない。

女が山にいる時間は、次第に長くなった。夕方か夜半近くから現れて次の朝までしかいなかったのが、日中にもそのまま居続けることが多くなった。

そして坊さんが、改めて感慨深げに、

「人並みなことをしようと努力しておる。虚心に続ければ菩薩行《ぎょう》にも似てきそうじゃ。」

と言ったとおり、女は、何か坊さんにとって役立つことをしようと思い始めているようだった。

先にマキ小屋を修理したのと同じようなやり方だったが、今度は、いかにも思い詰めて一途にするというふうで、マキを集めてこようと思うと一日中そのことばかりに精魂こめる。へとへとになるまで、大汗かきながら山中を歩き回り、途中で手を抜くということがない。

山麓から庵に至る小道の雑草取りに優に一日をかけ、小さな落ち葉一つ、小石一つないように清浄無垢《むく》に整える。欲得の一切ないその行動は、坊さんの言う「菩薩行」そのものである。

小屋の繕《つくろ》いや山菜《さんさい》摘みなども、同様のやり方だった。そして、それらの作業が終わると、マキ小屋に戻ってスースーと軽い寝息を立てている。安らかな寝顔である。

坊さんにとっては、安らかで、愛《いと》おしい寝顔である。

こうした暮らしが、夏の終わりから秋の初めまで、一か月近くも続けられた。だがそのうち、前と同じく、ふいに女は姿を消した。

そのまま、もう女の姿を見なくなってから久しい。坊さんは、そのような日常に、強《し》いて自分の心を慣れさせていった。

時折、庭前で妖《あや》しく舞う「白腕《しろただむき》」の雑念が脳裏をよぎり、心を乱すことはあるが、それも次第に制御できるようになった。

もともと女がこのような所に姿を現すのが異常なことで、僧として当たり前の日常に戻っただけのことなのだという、女への思いの薄らぎも生まれてきた。


次第に長くなる夜の時間を、このごろ坊さんは、法華経《ほけきょう》の読誦《どくじゅ》と書写にことさら時間をかけて励んでいる。経文の読誦・書写は、これまで何度も行ってきたことだが、今度のことには、これまでの長い修行生活の集大成のつもりで、並々ならぬ決意——死の瞬間までこれを続ける——をもって立ち向かっている。

そのために、庵室《あんしつ》の中に狭い一角を仕切り、身を清浄にして、そこに入る。大小便に立った折には、そのたびに丁寧に沐浴《もくよく》し、一段と身を清めて修行の座に戻る。

この行《ぎょう》に打ち込むことで、坊さんは、これまでに感じたことのない無量の喜びを見いだすようになった。

行そのものは、仏法の中で初歩的とされているものだが、これに没入している時、時間が経つのを忘れるほどの三昧境《さんまいきょう》に入ることができる。

沸々《ふつふつ》と温《あたた》かいものが心を満たし、その間《かん》自分が読誦・書写を続けていることすら意識せず、ふと我に返ると、その濃密な時間は、わずか四半刻《しはんとき》、長くても半刻くらいのものでしかない。

たったそれだけの時間にあれほど深い悦《よろこ》びを得ることができる。今は、その時間を少しでも長く続けられるように努力している。集中しようとしている。

そうした心境の深まりの中で、坊さんは普賢《ふげん》菩薩を見たのである。それは、ある夜、ひどく唐突に訪れた出来事だった。

その日も終日、勤行《ごんぎょう》に励んで、真夜中を過ぎて床に就き、うとうとしたかとも思う頃だった。小さく、規則正しく物を打つ音に眠りから呼びさまされた。

起き上がって耳を澄ますと、山全体がすでに深い眠りの中にある。その静寂を破って、庵の戸を打つものがある。久しく聞かない、懐かしい物音のように感じられた。

手燭を掲げて戸を開けると、庭に白衣のものが立っている。立っているというよりも、それは、暗闇の中に浮かんでいるように見えた。風もないのに、坊さんに向かって合掌した衣の袖が、ひらひらと宙に舞う。まぶしいほどの白《しろ》腕《ただむき》が生々しく迫ってくる。

一瞬、あの女が、また戻ってきたのかと思ったが、そうではない。その姿は、絵軸《えじく》や仏書に見る普賢菩薩の画像そのままで、まるでそこから抜け出してきたようだ。白象にこそ乗っていないが、見まごうかたもない仏性《ぶっしょう》のものである。

こういったことが、その後もたびたび起こるようになった。それは、夜の闇、山の静寂が最も深まる頃にやって来て、その都度、庭の懸樋《かけひ》のほとりに降り立ち、感動に震える庵主に大慈・大悲のまなざしを投げかけては去るのである。

そのものには、美しいとかきれいというだけでは表しきれない、向き合う者を深く抱擁する温かさがあった。

秋も深まる一日、知り合いの猟師が庵を訪ねてきた。猟師とはいえ、人一倍信心《しんじん》の篤《あつ》い男だったので、折にふれて、季節の果物など携えて坊さんの庵を訪ねてくるのである。今日も、秋の味覚を携えて来た。坊さんは、柿など次々取り出して食べながら、話し相手を得て、胸中の喜びを隠すことができない。

やがて、緩みがちな口元を引き締め引き締め、このごろ生身《しょうじん》の普賢菩薩が自分の眼前に現れていることを猟師に告げた。

「わしが長年、たゆまず法華経の読誦・書写に励んできた、そのかいがあったのじゃろうな。まこと、そうに違いないわ。」

そう一人得心《とくしん》の面持ちでうなずき、菩薩の初めて現れた夜の様子を話して聞かせた。話の合間にもサクサクと柿を食べ続けている。果汁が唾《つばき》と混じり合い、白い泡になって口の周りに浮いている。

いつにない旺盛な食欲と奇怪な話に、猟師は、坊さんの身に何事が起こったのかと訝《いぶか》しんだ。

「そりゃ、もちろんわしも、初めからそう畏《おそ》れ入っておったばかりではない。十分に疑うてもみたものじゃ。」

と坊さんは、そこまで話しても半信半疑の猟師に、そういう疑いの目がいかにも我慢ならぬという様子で付け加えた。

坊さんの言うには、このような変事に遭った身として、これがどの程度まで信じてよいことなのか、当然のことながら、初めはむしろ不審の思いの方が強かったのである。世上に似たような話が多いことは承知している。しかし、そのような奇瑞《きずい》が、今、我が身にそのまま起こったのだとは、いかに愚直な坊さんでも、すぐには信じることができなかった。

むかし震旦《しんたん》（中国）に、天台大師という偉いお坊さんがいて、大師が行をしている前に、普賢菩薩が六牙の白象に乗って現れたという話も伝えられている。

「大師ほどの、偉いお聖人《しょうにん》であればのう……。」

とつぶやく坊さんの心を、猟師は慮《おもんぱか》ってみた。――信じがたい面もあるようだが、これがもし信じてよい事柄だとしたら、と思うと、坊さんの心も体も、異様な興奮に包まれていったに違いない。「これが真実の普賢菩薩ならば」、わが生涯の宿願は果たされたことになるではないか。

そう考えた折の坊さんの期待と喜びは、想像に難《かた》くない。

坊さんの心をたどりながら、猟師はやはり、不審の思いをぬぐい切れなかった。野猪《くさいなぎ》がいたずらをして、坊さんのような生真面目な人をたぶらかそうとするとも聞く。そうでなければよいが……。

もっと心配なのは、これが坊さんの老耄《ろうもう》の果ての一途《いちず》な思い込みだとしたら……。もはや慰めようも、救いようもないではないか。

その夜は二人で、一緒に菩薩を拝み奉ることにした。猟師としても、単なる好奇心だけでなく、真実菩薩に接することができるならば、殺生をなりわいとするおのれの身を省みて、供養の礼拝をすることができる。これに勝る喜びはなかったからである。

夜が更けて、普賢菩薩の現れるという時刻が近づくにつれ、坊さんの心は、もはや一心にそれに向かっている。数珠をまさぐる手に力がこもり、読経の声も高まってきた。

猟師は坊さんの後ろで腕組みして、黙然《もくねん》と控えている。

坊さんの膝の横には、食べ残しの柿などが散乱している。その様子を見て、ふいに、猟師の背にスッと冷たいものが走った。尊い菩薩を迎える作法として、このありようは如何《いかが》なものか……。

この時節、夜はいかにも長い。

猟師は、坊さんのそばからそっと離れて、隣接した小坊主の部屋に入り、問うてみた。

「お前も、普賢菩薩を拝み申したか。お姿が確かに見えるのか?」

「いいえ、私は存じません。私のような者には、まだまだ菩薩のお姿は見えません。」

妙にはっきりとした物言いである。

「では、やはりお聖人《しょうにん》さまだけに見えているのかな?」

「あれは、菩薩ではなく、ただの女ですよ。」

小坊主から、意外な言葉が返ってきた。

「女? 女とはどういうことだ。あの、噂に聞く浮浪人の女のことか?」

「はい、しばらく姿を見せなくなっていたのですが、このごろまた……。」

「女がお聖人さまに会いにくるのか?」

「いいえ、お聖人さまにというのではなく……。そうではなくて……。」

「それでは何しに来ているのだ。」

「このごろは、いつも、私の所へ来るのです。なるべく追い払うようにはしているのですが、なかなか離れていきません。」

「お前の所へ何しに来る。まさか……。」

そう言いかけて猟師は、不愉快そうに顔をしかめた。

「ふむ……、だがお前の所に来るその女を、お聖人さまはどうして菩薩と見間違えるのかな？　女はお聖人さまの所には行かぬのであろう。」

「それは女が、私の所から帰る時、いつも庵の戸を打つのです。何だか、お聖人さまがあまり驚いて、ありがたそうにするものですから、面白がっているみたいなんですよ。」

「だが、ただの女のなりではないそうだぞ。とてもありがたいお姿だそうではないか。」

「女が、暗がりの中で袖をひらひら振り回すものですから、お聖人さまの部屋の小さな灯《あか》りを受けて、その姿が何だかとても尊いものに見えるのでしょう。」

「女はただ面白がっているだけなのか？　ほかに何か考えがあってのことか？」

「女は何も考えてなんかいませんよ。その時々に、勝手に踊っているだけです。」

「そのことをお前は、お聖人さまに教えてさしあげたのか？　女には注意したか？」

「いいえ、それは……。お聖人さまにそこまで私の口からは申せませんし、女には言ってもわかりません。」

小坊主の態度に、やり場のない怒りを覚えながら、猟師は坊さんのそばに戻ってきた。

小坊主の言っていることが本当だとすれば、坊さんにとってはずいぶん気の毒なことである。

なおもしばらく待つ間に、いよいよ菩薩の現れるという刻限が迫ってきた。ちょうど真夜中ごろ、突然、坊さんの体全体が激しくうち震えた。そして、愛用の数珠を砕けるばかりに揉《も》みしだき、額の皮もすり切れるかと思われるほど、繰り返しぬかずいて、闇の中の何物かを礼拝し始めた。

だが、猟師には、何も見えない。坊さんのぬかずく方向にいくら目を凝らしてみても、弦月《げんげつ》の淡い月明かりの下、木陰は漆黒の闇である。

ただ、不気味といえば、先ほどまでかまびすしいほどであった虫の声が、今はぴたりとやんで、近くに何物かの潜《ひそ》んでいる気配が感じられることだった。

気のせいか、闇の奥、木立の向こうで何かが動いたようだ。

その時、自分の部屋に下がっていた小坊主が、縁の端からひょいと顔を出したので、猟師はすぐに招き寄せて小声で聞いた。

「今、庭に何か見えているか?」

「いいえ、なんにも……。」

「今日は、女は来ているのか?」

「いいえ、まだ私の所には。」

「そうか、それならよい。」

そう言って猟師は、そばの小坊主さえ止《と》めようもない素早さで果敢な行動に移った。

もし、そこにいる──長年にわたって行を重ねてきた聖《ひじり》だけに見えている──尊い何ものかに非礼を働くことになるとしても、それによって、そのものへの疑いの気持ちを晴らし、信心を強めることができるのなら、それが真に仏性《ぶっしょう》のものであるならば、その広大な慈悲によって許されることと思ったのである。

──まやかしの菩薩ならば射殺《いころ》しても構うまい。変化《へんげ》のものならばなおのことだ。女浮浪人だとしても、お聖人さまをたぶらかす罪は深かろう……。

仕事柄もあって、こうした折の猟師の決断は極めて早い。猪をも倒す尖《とが》り矢を坊さんの肩先に構えてハシと射た。一瞬ののち、木立がひとしきりざわめいて、「アーッ」という坊さんの悲鳴が、山の静寂を切り裂いた。

出て行って調べてみると、木立の中、太い樫の根元にうずくまるようにして、女が、薄い胸を鋭く射抜かれて死んでいた。背まで鏃《やじり》に貫かれた無残な姿であったけれども、その表情に苦悶《くもん》はなく、まるで自らに訪れた死を潔《いさぎよ》く受け容《い》れているように見えた。

女のひ弱さと、体を貫いた矢の頑丈さとの対比があまりに大きく、その哀れな風情には、猟師の心をも打つものがあった。猟師は合掌して、そっと女のまぶたを閉じてやった。

坊さんは、猟師と小坊主の後ろから、おそるおそる女をのぞき込んでいた。半ば放心の態《てい》である。

いったん坊さんを庵に連れ戻しておいて、猟師と小坊主は、夜中のうちに、女の遺骸を庵から遠く離れた谷あいに埋めた。

このことがあってから後、猟師の足は坊さんの庵から遠のきがちになった。坊さんと一緒にいても、前のようにありがたい気持ちになれなかったし、やはり坊さんに対して悪いことをしたという気持ちがあって、自然と顔を合わせにくいことにもなったのである。

あの時、猟師や小坊主には見えなかった何かが、坊さんに見えていたのは確かである。それが、坊さんが勝手に夢想した幻影の類《たぐい》であったとしても、そのことをどう受け止めればいいのか、猟師にはわからなかった。

しばらくして、小坊主は、坊さん一人を残して山を下りた。あの夜以来、呆《ほう》けたようになった坊さんと共に暮らす機縁を、もはや考えることができなかったのである。

小坊主が去った後、坊さんは、より一層の孤独を求めて庵に閉じこもり、人を寄せつけようとしなかった。

女の死後、坊さんの前に再び普賢菩薩が現れることはなかった。坊さんは結局、女の姿・心根に惹《ひ》かれて、そこにボサツの幻想・幻影を見ていたに過ぎないのだろう。

数年後、猟師の耳に届いた噂によれば、女の死後、一年くらいして、半ば廃墟《はいきょ》化した庵室から坊さんの姿が消えた。そして、坊さんが念持仏として所持していた普賢菩薩の木像が、遠い谷あいで発見された。

坊さんは、女の墓を探して山中を彷徨《ほうこう》していたのだろうか。その想像を絶する彷徨の果てに、坊さんの前に何が待ち受けていたのだろうか。猟師は頭をひねるばかりである。

一つだけ確かなのは、坊さんが生身《しょうじん》の普賢菩薩として礼拝していたのが、誰もが知る女浮浪人であったということだ。


（了）


〈参考文献〉

『今昔物語集』巻二十の第十三ほか

あとがき

本書を手にしていただいた方、ありがとうございます。

本書の筆者（私）は八十歳を超えた者です。学生の頃から日本の古典文学に惹《ひ》かれ、特に「狂言」の分野や『今昔物語集』は、私にとって、異世界物語の宝庫でした。

また、『遠野物語』（柳田国男著）は、日本民俗学の視点から、異世界物語の背景として、貴重な示唆を与えてくれる文献でした。

ちなみに、本書に収録した六作品のうち、「小説」として筆者自身が最も気に入っているのが、『遠野物語』（「拾遺」も）に想を得た「天狗の来る里」です。

筆者が自分の作品に順位をつけてはいけませんね。でも、皆さんに順位づけしてもらうと、どうなるか。やはり気になります。

本書のタイトルについて。「八十路（やそじ）」は「八十翁（八十歳のおやじ）」、「戯作」は、文字どおり「戯れに詩文を作ること。」とのみ理解しておいてください。それ以上でもそれ以下でもありません。年を重ねて、偉そうにしているのでも、卑屈になっているのでもないということです。

サブタイトル「古典お色直し」は、この本を読んで、少しでも古典好きの人が多くなってほしい、という気持ちから付けました。専門家でも研究者でもない自分が言うのは、少し面映《おもは》ゆいのですが。

でも、このごろ、若い人たちの間では、「日本の古典（古語）は、もう外国語と同じ。」という声が多いようです。筆者も、「古語」「現代語」を問わず、日本語が次第に痩《や》せ細ってきているような気がします。「古典にこんな面白い話があったのか。」と、本書がその古典回帰への一助・一端にでもなれば、と思います。

文章を書くことに興味のある人は、八十代の人生、静かに書斎に籠《こも》る時間を、ちょっとだけでも多めにしてみませんか。「戯作三昧」の素晴らしい時間を持つことができるかも知れません。

文芸社さんには、編集の作業から営業まで、たいへんお世話になりました。ありがとうございました。この場を借りてお礼申し上げます。

令和六年二月

おのよしあき

著者プロフィール

おのよしあき

本名　小野斌昭
1941（昭和16）年12月28日、岡山県倉敷市生まれ。
現在は京都府城陽市に在住。
元『関西文学』同人。
東京の大学卒業後、京都の出版社勤務ののち62歳で退職。
以後、晴耕雨読・戯作三昧の境地を目標に、現在、八十路の日々を迷走中。

八十路の戯作帖　古典お色直し

2024年４月15日　初版第１刷発行

著　者　おのよしあき
発行者　瓜谷 綱延
発行所　株式会社文芸社
〒160-0022　東京都新宿区新宿1－10－1
電話　03-5369-3060（代表）
03-5369-2299（販売）

印刷所　株式会社フクイン

ISBN978-4-286-25107-3